长安花

真实与虚构间的某个地方，你从未去过，但似曾相识。

游　牧

王闷闷 著

Y

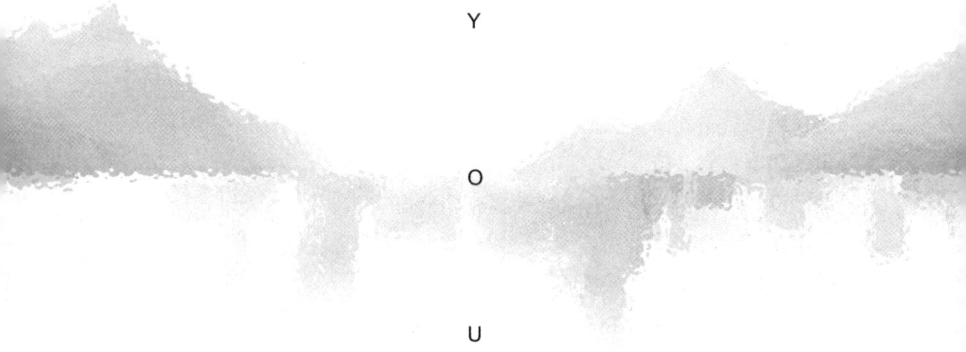

O

U

M

U

西安出版社

图书在版编目（CIP）数据

游牧 / 王闷闷著 .— 西安：西安出版社，2024.2
ISBN 978-7-5541-7256-8

Ⅰ．①游…　Ⅱ．①王…　Ⅲ．①长篇小说－中国－当代
Ⅳ．①I247.5

中国国家版本馆 CIP 数据核字（2024）第 043667 号

游　牧
YOUMU
王闷闷　著

出 版 人： 屈炳耀
策划统筹： 贺勇华　李宗保
责任编辑： 路　索
责任印制： 尹　苗
装帧设计： 西安飞铁广告文化传播有限公司
出版发行： 西安出版社
社　　址： 西安市曲江新区
雁南五路 1868 号影视演艺大厦 11 层
电　　话：（029）85253740
邮政编码： 710061

印　　刷： 西安盛业印务有限公司
开　　本： 889mm × 1194mm　1/32
印　　张： 7.25
字　　数： 133 千
版　　次： 2024 年 2 月第 1 版
印　　次： 2024 年 3 月第 1 次印刷
书　　号： ISBN 978-7-5541-7256-8
定　　价： 39.00 元

一本有意思的小说

一年多时间，我把全部精力放在这部小说的创作上。写完之后，拿给要好的朋友看，有说好，有说难读，有说有意思，有说哲思意味浓，有说太现代性，尔尔吧。要我说，我在尝试用一种实验、游戏的方式写这本小说，因此，这本小说可能会超出大众对小说的固有认知。同时，整本小说所有的东西都是流动的，比如语言、情节、结构、节奏、人物等，这使得阅读具有很强的趣味性，读者像是在做一场游戏，感到有趣的同时，对小说主旨进行自己的所思所想。

小说是三条线交织且平行叙述的，这三条线分别是：现代社会中的“我”（主人公名“人”）的一地鸡毛的生活经历；由现实生活中的“我”感知到一个难以琢磨的“存在”；因为想要探索抓住这种虚幻“存在”，而进入的另一个空间——“一化之地”，在这里发生了一些故事。

现代社会中的“我”经历着找工作、租房子、结婚等一系列人生大事，苦闷又迷茫，在琐碎的日子里，遇到很多奇妙变化的物、事、人，这些物、事、人是一种难以琢磨的存在，它们仿佛在引导“我”开启一道法门。因此，“我”有所感知和领悟，并将所思所悟以小说的形式记录下来，从而牵出笔下的另一个空间——“一化之地”。在“一化之地”展开了以一位名叫大地的首领和他的两个儿子（物、泉）为中心的故事，“一化之地”的发展历程更像是一种对历史的反思，创新与守旧、愚昧与觉醒、内部矛盾与外敌入侵都在这里上演。

小说最终形成一个由过去（以“一化之地”为象征的古代社会）、现在（以“我”的现代人的生活）、未来（以“我”的视角最后看到的情景）组成的完整时空。有人说，这是一种“闭环式”的叙述结构。我想说，不完全是。

人类存在的意义是什么？几千年来圣贤先哲一直在探索，到如今也没有得出标准结论。我创作这本小说的初衷便源于此，人类每天看似在重复做着许多事情，没有变化，其实重复的日子里又有很多变化，就像古希腊哲学家赫拉克利特说的，“人不能两次踏进同一条河流”。只有我们时刻保持细致的观察和思考，才能发现万事万物“变与不变”的道理。而人类存在的意义或许包含这样一层：在一成不变的生活中，接受每一种意外变化。

依照这个道理，我曾自豪地说，这本小说的思想密度很高，有很强的哲思性。有人批评我，要想获得高的思想密度和很强的哲思，可以直接去看哲学书啊，何必多此一举地看你的小说？我想说，不是这样的，哲学偏重直接说教，有入门门槛；而小说是以虚构故事内容、艺术表达手法等做媒介，通过关照现实，间接引发人们的共鸣与思考。人人皆可读之，才能形成别样的意蕴。

总之，如果你摆脱对传统小说固有的阅读期待，用灵活、流动的多角度方式读这本小说，或许能获得一种意想不到的阅读体验。最后，我想说，这本小说一定存在不足，但并不影响它是一本有意思的小说。

一

空的名字严格来说，是深给予的。

那日中午吃过饭，一同往村里的住处走，深忽然停住脚步，看一眼不远处的山，说，人，我们去转转？我说，回去也无事，去转转也好。我们折转身子，走向进山的路。半个多小时后，遇到小路，调换位置，深走前面，我走后面，弯弯绕绕往上走，我累得气喘吁吁，站住歇息，看着阴沉下来的天，说，若是再飘洒些细雨就更好了。深站在前面等我，说，会的，你知道你为什么累吗？我说，为什么？深说，因为你忘不掉脚下的路。我说，是的，我总想着脚下的路还剩多少。深看着旁边叶子有些枯黄的树，说，你知道这山里有什么吗？我欲言又止地看着他。深看我有所顾虑，便微笑着说，说吧，想到什么就说什么。

我试探着说，山里就是这些树啊，草啊，鸟啊。深从口袋里掏出烟，抽出一根点着，吸一口，说，完了？我说，完了。深换上往前走的姿势，说，要我说，是你想要有什么就有什么。我整个人惊住了，不可思议地看着他。深再吸口烟，说，走吧，我们继续往前走。到半山腰，天上下起蒙蒙细雨，我再次震惊，想问深这是想要什么就有什么的回响吗？话没说出口，觉得说出口就没了意思。深一定看出了我的心思，到了年代久远的寺庙，坐下喝茶中，说，有意思吧？我点点头。

这座寺庙由于上山的路崎岖，所以往来的人稀少，香火也就没有那么旺盛，接待我们的老和尚说，也好，人多就嘈杂，如此一来，好多东西就会离去。深把手伸进宽松的大衣，从里面掏出不知何时装进去的两包茶叶，放在桌子上，说，我们喝茶，喝的是你们的茶，也是我们的茶，请接下。老和尚对深一笑，接下。我手足无措，凑近深，说，我放点钱可以不？深说，你有其他东西啊。我半天反应不过来，深看着我，我猛然想起，是啊，在超市买东西，遇上抽奖活动，抽中的那小瓶花生油，被顺手装在口袋里，准备回去给房东老太太。我从上衣口袋里掏出花生油，放在桌子上，照着深的话语，说，请接下。老和尚双手合十，说，阿弥陀佛。我不知说什么，点头微笑回应。

喝完茶，我和深站在院子里，看西红柿、茄子、辣椒枯萎了七八成的枝叶，看睡觉和跑动的猫，看香燃烧出的烟，看破败的房子，看远处苍茫之意笼罩的山……瞬间，我发现自己没有了身体，听到了什么，像是那个声音，不，不是这样，我和那个声音没有你我。

深仍旧看着远处的山。我说，深，你有没有听到什么？深说，你得到了些许。我说，我没有得到，那个声音，转瞬即逝。深收回望向远处的目光，看着身后的山，说，一切都在变化，变化中又有不变。我说，这是怎么回事？我感觉，不，我坚信，我不会忘掉这个好像什么都没有的瞬间。深说，忘不掉那就记着，说不准，记着记着就忘记了。

回去的路上，我忍不住回想那个瞬间听到的声音，可就是想不起，想得入迷，脚下踩空，差点摔倒。深说，别想了，这不是你独自能完成的，想想等会儿我们吃什么倒是可以。我说，我像是在想一个没有的东西，换句话说，我回忆着一个似乎压根就不存在的东西，但我就是想回忆，不知为什么。深说，注意脚下的路，两边可是很高的悬崖，你想的细雨，润湿了土地和空气，你这时是不是应该想想它们？我说，哦。

来到大路上，天黑下来，回城里的车辆，一辆接一辆。走一阵，路两边有灯光亮起，饭馆出现，深说，想好吃什么了吗？我说，随便什么都可以。深说，想半天就想这么个啊。我不好意思地说，其实也没想，还是在想那个好像什么都没有的瞬间，空空如也。

深选了一家面馆，我跟着进去。等面的间隙，深看着我，说，别想了，空无有什么可想的。我端起面汤喝了一口，说，可是，我冥冥中有种感觉，这个里面有我需要的，一时我说不清，就是应该想。服务员端着面，说，你们的面。我接过面，说，谢谢。深搅拌着面，说，太着急不是好事，也无用，吃面就专心吃面。我点点头，强迫自己专心吃面。

回到村上的住处，深烧了一壶水，泡两杯茶，说，你喝茶看书，我写会儿字。我从书架上翻找想看的书，手机响起，打开看是春发来的短信，问周末能不能陪她去医院看看皮肤。我回复，可以，周末找你。春发来信息，最近可能是压力太大，脸上痘痘又起来了。我回复，皮肤像是土地，我们现在被污染得不像样子。春发来信息，又来你那套，不过也对，我们这次去中医医院。我回复，好的，去市中医医院。放下手机，找出想看的书，坐在沙发上看，深站在木板搭建的书案前写字，昏黄的灯光照耀着不大的空间，楼下房东大爷在院子里走动。

夜浓郁，瞌睡上来，我先躺下睡去，深继续写字。不知过了多久，我似梦非梦地感知到那个瞬间里的声音不同，无法用语言形容那种身体融合到新声音里的感觉。

我看到了自己。我走过去，问，这是哪里？那个我说，首领，这里是一化啊，你的地盘。我说，胡说八道，在这个世界上，我几乎无立锥之地，成天漂浮着，像幽魂，怎么敢说是我的地盘。那个我说，就是你的地盘，这里的人哪个不敬佩你，哪个不尊重你？我说，为什么要敬佩我，尊重我，我有什么本事，我连工作都找不到，无业游民一个。那个我说，莫谦虚了，你有那么多发明创造。我说，那我还是发明家了？那个我说，你以为呢，你是伟大的发明家，不过，最近有些人不安分，想篡位。我说，篡位？那个我说，对，不过没事，你有那么多发明，谁能比得过你。

我说，你是谁啊？你为什么长得和我一样，却说些我听不懂的话？我是我，你是你，你怎么不分你我，这样很危险。那个我说，你当然是你，你是首领，我也当然是我，我在这里等你，要给你报告消息，不敢大意啊。我说，你说清楚，这是什么意思，我怎么听不懂。

我醒过来，不知这句话有没有说出声，昏黄的灯还亮着，书案前没有人，欠起身子看向窗户前的床，深如黑夜一样地睡着。我重新躺下，回想刚才那些对话，支离破碎，极力想拼凑恢复，可惜在这个念头出现的同时，忘却无遗漏地覆盖了点滴记忆。想不起梦里的内容，我就想重新入梦的方式，怀疑是不是和睡姿有关系？我试着摆出各样睡姿，手脚并用，不行，配合上脸部表情，仍然不行。不知深有没有听到我频繁翻动身体发出的声音，我就那么无法入睡地躺着，如同房间里的物件一样。

二

深出去买饭，对于夜里的猜想，我不死心。拉上窗帘，房间里出现夜的黑，我躺在床上，重新摆出各种睡姿，几分钟过去，声音没有出现，那种感知也没有。歇息时，想起那会儿有昏黄的灯光，起身去按开，再次摆出能想到的所有睡姿，那种梦里的感知依旧没有。约莫深快回来了，起身下床，拉开窗帘，关掉灯。站在门口，看房间里摆放的物品。大门打开，深骑着电动车进来，一楼住着的房东大爷出来，说，深，记得关大门，小心鸟儿飞走。深乖巧地说，好的，放心吧，大爷。大爷回房子去。深停放好电动车，提上饭，从楼梯间上来。

进门后，深往桌子上摆放饭，我帮忙烧水泡茶，说，你们院子里有鸟？深说，有的。我说，大门能关住鸟？不会飞的鸟？深给我递来筷子，说，能关住，会飞的鸟。我哦声。深说，吃饭吧。来这里已经两天了，我不能再打扰深，吃过饭就离开。深要送我到公交车站，我拒绝了。出大门时，我想起大爷“小心鸟儿飞走”的话，便小心翼翼地将门开个缝隙，侧着身子出去。路上边走边胡思乱想，刚到公交车站，车就过来了，我排队上了车。

车慢慢悠悠往前走，我选择了靠窗的位置，看着窗外的山川，想到用不了多久这些就会不见，心中生出悲凉和对将要看到的高楼大厦的厌恶。车里有人看短视频，音量放到最大，非但没有人劝阻，还有人也打开了自己的手机公放短视频，那种厌恶情绪提前到来，想要逃离又逃不脱。车子突然急刹车，站着坐着的人跟着前倾，随即重重回落，有人骂骂咧咧，司机说着有只狗猛不防闯入的理由。我开始有些头昏脑胀，整个人恍恍惚惚，闭眼休息中，身体仿佛悬浮起来，那个似梦非梦的瞬间再现，夹杂着模糊的声音，光速闪过。我又感知到了它！

我睁开眼看，白茫茫一片，眩晕感再次涌上，那会儿吃进去的饭，在肠胃里激荡翻跳。重新闭上眼睛，捕捉到些许声音。那声音隐隐约约，像自己的，又像陌生人的。我听着。怎么不说话了？我一边听，一边说。你想听到什么？偷听算什么本事，别以为我没看到。我忍不住说，你是在说我吗？声音说，你这么爱追问，看来我们之间的较量在所难免。

我说，我没有偷听，你是谁我都不知道。声音说，别装了，敢作不敢当，算什么首领。我说，我不是首领，你是那个我？声音说，别乱说，我只是我，没有这个那个。我说，那个我也说我是首领，你还不承认。声音说，莫名其妙，疯子一个，当什么首领，还以为有多厉害，狗屁，我只想知道，你是怎么找到我的？我不想再辩驳，顺着说，这有什么，太简单，不值一提。声音说，好，我倒是要看看你有什么样的本领。

我头痛欲裂，陷入思维的泥沼，我到底是谁？这么多我，和我又有什么样的联系？声音说，还以为你有多厉害，这就理不清了？就这么点本事，差点被你唬住，也不过如此。我冷笑。声音说，你冷笑什么？你这些迷茫都是最低级的，内觉力太弱，连这个都打不通。我好像有点明白了。声音说，以为我还是上次山里感知到的那个吗？我觉得你厉害，是因为那么多人都没有发现我，唯独你，能第二次找到我，而且竟然两次有所关联，现在看来，你不过是瞎猫碰上死耗子，幸运而已。我愈发明白了，笑着说，也不尽然吧，现在才哪里到哪里，我的内觉力到底怎么样，实话说，我看不边际，就像一化。声音警惕起来，说，一化果然和你有关系，还说不是首领，虚伪至极。我也惊讶，我怎么就说出了“一化”这个词？

声音说，别装无辜了，我们的较量今天算是开始了，我要看看，你到底能创造出什么样的世界，别想记住什么，你记不住，我也记不住。

我说，无须记住，我每次都能找到你布下迷阵的入口，无论你的迷阵千变万化。声音说，原来你真是装的，你的能力绝不止于此，我喜欢和高手较量，痛快，你说的对，每次都不同，这也是不用记且记不住的原因，既然你能领悟到这一层，说明你和我一样，但你有致命的弱点。我说，难道你没有吗？声音说，你原初的那个你并没有那么灵活，我不同，原初的我是纯粹的纯粹，我随心所欲，自如变化。我说，感谢你，没有你这番言说，我还领悟不到这层。声音说，领会到又能如何，殊不知这可能是我故意为之。

我说，你说的对，原初的那个我没有你那么变化自如，我想到一个办法可以弥补此缺陷，我可以让原初的我把这些写下来，记录下每次的不同。声音停顿数秒，说，那就得看原初的那个你有没有这个本事，能否感应到你所要传达的这些，我肯定要多加阻拦，用你想到及想不到的方式。我说，那我们就较量较量。声音说，我在这里给你提个醒，我可以变幻无数个不同形式流动的我，不仅仅局限于声音。我说，你随意，我相信原初的我能发现你。顿了顿，我又问，你真觉得我是首领吗？声音说，不然呢？我大笑，一个名字在我脑海中莫名其妙地冒出来，我脱口而出，说，难道我就不会是太古吗？声音说，哎呀，我怎么能把她忘掉，她才是最应该要防备的。我眨眼间就戴上了面具，似乎自己已经是一化的首领，说，太古是我特别敬重的前辈，你还是不要太嚣张。声音说，是我大意了。

我不知再说什么，沉默下来。声音突然好心起来，说，你还有什么没理清楚的吗？好好想想，我都可以帮助你理清楚。我说，没有又好像有，我的身份还是有些不那么清晰。声音语气得意，这就是了，像我就不存在这样的问题。我想再说，倏然反应过来，不好，进入对方设下的话语陷阱了，他在让我自己暴露缺点，于是说，你变化自如，我也可以，别得意太早。声音说，那我们就开始吧。

车里播报着即将到站的车站名，我睁开眼睛，已经别是一番景致，车厢里人不多，看向窗外，蚂蚁一样的车辆，路边行人密密麻麻，高楼大厦林立，想起要下车的站点，再看车载屏幕上现在显示的站点，松一口气，没有错过。再过两站下车。看一眼时间，已经过去七十多分钟了，下车后转乘地铁，过了安检，刚下楼梯就看到列车驶来，快步上去。无聊中想看手机，一想还是作罢，万一再恶心发呕。何不再构思一下要写的小说，前面没下笔是有好些地方没想清楚，这次去深那里转，也是为散散心，看能不能获得些灵感。想起公交车上眩晕闭目中出现的那些乱七八糟的对话，好像有所得，构思的小说最近可以开始动笔了。

三

思琢几天，我有些恨起自己，恨自己的无能，思维像水泥一样凝固，每天晚上都对着空白文档发愣，焦急之下强迫自己敲打出几个字，最终还是删掉。时间在夜里流淌的声音清脆不已，我听得心烦意乱，焦灼不堪，时间之水的流速也加快，跟着起哄，对我进行着肆无忌惮地讥讽。这夜，我下定决心，不会再让时间白白流逝，无论如何要写出一些字句，哪怕一两段也好。夜越来越深，我坐立不安，想给深打电话聊会儿，看一眼时间，还是算了，深天亮了还得去上班，不像我这般，整日无所事事昏昏沉沉。我重新回到椅子处坐下，平静几分钟，既然写不出，不如整理思绪，回想那个感知到的瞬间和声音，上次车上有了小说的构思，仿佛就是和这个有关。我暗暗告诉自己，不要急，不要急，一定能再次进入那个感知到的瞬间和声音里。

为更好地搜寻进入那个感知到的瞬间和声音里的秘诀，我身子站起了一些，伸手关掉发出白光的台灯，留下昏黄灯光的台灯。环境很重要，不同的环境有不同的进入方式，所以说，这个秘诀可能也是流动变幻的。思想中，我看到深送给我的木头镇尺，它横躺在桌子上，一半在台灯昏黄的光里，一半在漆黑里。环视一圈房间，书架上的书尽数隐没在黑夜里，不过我知道它们各是什么书，视线回到镇尺上。连续几次让目光在房间环境和镇尺间转换，眼花缭乱起来，有了，那个感知到的瞬间和声音，这次像是雾，唯有去感觉去书写。我双手在键盘上敲打起来，前所未有的酣畅。

这种感觉是真实的，肯定有人在跟踪他。他从秘密的入口进来，走出数十里才发现，也是怪他自己，怎么会这么粗心大意，如果这里被发现，那后果不堪设想。这是多少年来第一次有这种强烈的不安。路上他布了好多迷阵，皆被对方轻松破解，老实说，他真是无计可施了。进到一化之地，跟踪的人不见了，像是完成了使命，这也说明他完全暴露了。

入夜，妻子安熬了小米稀饭，烤了羊肉，他吃了几口。安说，怎么了？大地。他说，这两天有谁来家里找过我吗？安说，没有。他说，那这两天一化有什么事情发生吗？安说，没有，大家这段时间忙着收庄稼，储存桃子、梨，都说你给发明的地窖好，冬天也能吃到新鲜的水果。他说，哦，那你吃吧，孩子们呢。安舀两碗稀饭放在灶边，说，他们去地里往回背收割下的庄稼，我先回来做饭。他说，哦，那让他们回来吃饭，我出去一趟。

一化之地能跟踪他且不被他发现的，若不是外人，就是她了。他边想边向她的住处走去。那路阵先是大路，接着是带有阵形的小路，弯弯曲曲，有数不尽能走出去的路线，这难不倒大地，白天他可以看着路走，晚上他可以不看路盲走，只是可走的路线少一些。出了路阵，他径直地向半山腰处土墙围起的院子走去。进到院子，两个山洞里没有亮光，他站在洞口，感受她存在的气息，没有。或许她在洞的深处，他感受力不够。折转身子回到院子中央，坐在那块大石头上，忽然，他看到院门口有黑影闪过，于是追出去，说，太古，我一猜就是你，为什么要跟踪我。院子里有声音，说，进来吧，你还是不够敏锐。

他重新进到院子，太古坐在石头上，说，你坐洞口。他过去坐下，说，你跟踪我做什么？太古说，到这个时候你还没明白过来，真是愚笨。他愤怒，说，凭什么这样说，你是厉害，没有人知道你的来历，像天生就在一化，但你也不必这样蔑视我。太古说，你的自大狂妄让你迷失了自我，你确定跟踪你的就是我吗？他说，你不要以为戴着面具我就看不到你，还有，你频繁换面具能迷惑别人，迷惑不了我。太古随即换一副面具，说，不要在这里嘴硬，现在的我你能认识吗？不同面具就是不同的我，我可以告诉你，今天跟踪你的不是我，是我的徒弟，他叫山，他的境界现在已经高于你了。他备受打击，说，好，你厉害，你的徒弟也厉害，暂且不说这些，你告诉我，为什么要跟踪我？

太古站起身，往前走几步，说，说你愚笨你还不服气，你难道就没有感觉到有危险萦绕于一化上空吗？我派人跟踪你是保护你，防止真有外面的人跟踪你。他身体防备似的后倾，问，你是说有人想偷偷潜入一化？太古说，现在我也说不准，我让我徒弟在监视巡查，稍有风吹草动他就会向我汇报。他点点头，起身离开。

一化至今已经存在了不知多少年，他记得老老爷那会儿就是这样与世隔绝，这里生活的人们很淳朴，日出而作，日落而息。可真像太古说的那样，有外人闯入吗？会不会是太古的阴谋？不对，太古是一化“守护神”一般的存在，如果是太古的阴谋，那她到底为了什么？唯一有价值的就是首领的位置，可是，首领的位置她才不稀罕。

大地一边想，一边往家走，没进到院子就看到火光，安抱来木头往火上放，物和泉在捶打干豆颊和谷穗。看到他进来，安说，回来了，灶上还有肉和米汤，饿就去吃。他找根棍子帮忙捶打，说，地里还有多少粮食没收割回来？物边捶打边说，还有一半吧。泉有气无力地捶打，说，还有那么多，累死人了。物说，泉，你累了坐旁边休息会儿。他就看不上泉这种懒散，做什么都是，没做几下就说累，说，你就不能向你哥学学，有点耐心。泉扔下棍子，去旁边坐，说，我学不来我哥，我就是累。

安过来捡起泉的棍子，说，泉娃累，坐着歇会，剩下的我来做。他看了一眼正往火堆里扔碎柴枝的泉，说，好吃懒做，将来可怎么办啊。泉说，爸，你那么厉害，怎么就不能发明一个帮助收割庄稼的东西，这些捶打完还得把豆子、谷子里搅和的碎柴、草、土、石挨着挑拣出来。他说，发明有你说得那么简单，都去发明了。物接住话说，爸，今年庄稼收成好，泉说的往出挑拣杂物确实是个问题，很费时间。大地没接话，只问，一化最近还好吧？物停住手中的活，反问，什么意思？爸。他说，没什么，就是问问。安问，你是怎么了？大地。他说，没事，就是问问。物说，最近都挺好的。泉躺在地上，手枕在头下，说，好是好，但有时太好了也是不好，表面看风平浪静，实则暗流涌动。大地想起回来路上，下山时站在高处，看黑夜里的一化，寂静不已，就像泉说的，静得让人有些不安，于是问，你是不是发现什么了？泉。

泉半天不说话，安着急，说，你这孩子，有什么就说，别说半句落半句。泉侧转身子，对着他，说，爸，你说我能想到的事情其他人能想到不？大地说，你意思，有人心里有危害一化的不好的想法？泉说，我只是猜想，你还记得上次拿出发明是什么时候不？他说，大概六个多月前。泉说，对啊，这么久过去了，以往一年拿出两个发明可以，如今不行了，得三个四个。物说，最近就得拿出个发明，间隔时间长了确实不好。

要想让一化的人们服从首领，首领就得有过人之处。一化代代首领世袭，传到大地这一代不知过去多少春秋，首领稳定一化社会发展，依靠的是不断拿出改善一化老百姓生活的发明。同时，首领能不断拿出发明，也巩固了自身的权威。百姓要的是过好眼前的日子，首领要的是用发明稳固地位。大地从小知道这一点，但他与历代首领不同之处在于，他想开化民智，带领一化百姓过上更好的生活。可他面临的现状是老百姓习惯了封闭固化被控制的一生，一化也越来越沉闷，人们越来越墨守成规。改变，似乎太晚了。一化正走向某种崩溃。

他放下手中的活，走到院子外，看四周住的人家，他们的院子里也燃烧着火堆，捶打收回去的庄稼，没有什么异样，泉和物说这些，难道他们也隐隐感觉到那种不安了？

回到院子，泉坐在打好铺平的谷子前，挑拣里面的杂物，安和物继续捶打谷子，大地蹲在旁边，说，你们最近留意下人们的举动，看有没有什么异常。泉说，先整个发明，稳稳人心。他说，发明就在这两天，你别挑拣了，泉，挑拣这个我来想办法。泉舒展下胳膊，说，爸，我和我哥都十八九岁了，你有什么就给我们说，我们都能帮你做。他说，物，你怎么想？物说，这个得看您，爸，我听你的。他说，让我想想，先把眼前的事情处理好。

半夜，他从秘密储存地扛来木头木板，刨出地下埋藏的制作工具，连夜赶制扇车。天亮，还剩一些细节没处理完，大地瞌睡得不行，插上门，躺在炕上睡去。听到安在外面叫吃饭，醒来，打开门看一眼太阳，晌午了，肚子确实有些饿，饭食拿进来，狼吞虎咽地吃完，处理剩下的细节。半后晌，扇车制作好，搬到院子里，让安铲一簸箕粮食，他摇动扇车前面的把手，风扇转起来，安把簸箕里的粮食倒入扇车上面的入口，不一会儿，少有杂物的粮食漏下，杂物从扇车后面的风口吹出去。安欢呼雀跃，直说这个发明好，大家肯定喜欢。他给人捎话，让地里的物和泉回来。

物和泉把扇车抬到地边的平地上，看到有捶打过的粮食，泉摇动扇车把手，物铲一簸箕倒进去，给大家做演示。围聚的人们果然如安所说，个个开心不已，称赞之词不绝于口：大地不愧是大地，是一化的首领，时不时就能发明出便于我们生活的东西，真是厉害……

四

与春约定在白云地铁口见面，一个是我们各自的住处到这里距离差不多，一个是这里能直达市中医医院。我起得早，坐在书桌前，打开电脑想接续着写新开的小说，无奈没有感觉，写不下去，起身去洗漱，尽可能早点出发，避开上班高峰期。一切准备就绪，穿鞋出门，从楼里出来，天麻麻亮。出了小区，路过早餐摊，买了两个包子和一杯豆浆，边吃边往公交车站走，老远看到要坐的车进站，已经有人在排队上车，我估算下，就算以最快的速度跑过去也不一定能赶上。若是吼上一句，司机师傅肯定会等，但我吼不出口，还是从容地等下一辆，发车间隔时间不会很长。

上车后找位置坐下，不由自主地想起上次公交车上产生的厌恶情绪，眩晕感袭来，我闭目歇息，想着要不要再次尝试感应那些奇怪幻想，转念想，算了，那个声音都说了，一直在变化，不会原样重复出现。戴上耳机放首歌听，半个多小时过去，又想起没有听完的文化讲座，翻找出继续听。下车后，春没到，我站在旁边人少的地方，边吃剩下的包子边等待。

我和春在大学认识，临近毕业正式确立男女朋友关系，在这个无亲无故的城市，互相照应，一同扎根立足。十几分钟后，春到来，见面就塞两个包子过来，说，你怎么到这么早？我没有接包子，说，你吃，我刚吃过。春说，我也吃过了，你吃吧，大男生多吃两个包子不碍事。我们走进地铁口，去乘地铁。到医院门口，医院刚上班。没想到中医医院人也这么多，我们到取号机子上取了号，十七号，还早，就坐在外面大厅的椅子上一边等待，一边看大屏幕上滚动的名字。

春指着自己的脸让我看，说，这些痘痘真烦人，时不时就起来，西医见效是很快，但复发得也快。我想起去年不知怎么，一时兴起，看了不少中医中药相关的书籍和纪录片，说，中药还是有意思，是用大自然的植物来调理身体，这些痘痘可能是体内有些机能运行不正常，中药服用上就会有所缓解，总会消下去的，放心吧。春用手机屏幕当镜子照看脸颊，说，唉，还是压力太大，你不知道我自从到了现在的私立学校教书，比原来忙碌了多少，还要面对各种挑战。每到这时，我就感到了话语的苍白无力，劝慰不是，不劝慰也不是。停顿数十秒，用其他话题转移开。

终于轮到春就诊，我跟着进去，五十岁左右的男人坐在桌子后面，春坐在桌子旁边的凳子上，我站在旁边。春先说自己的症状，男人一副气定神闲的样子，看了看春的脸，见怪不怪地说，你不说我都知道，我这里来过很多像你这样的患者，后来治疗效果都不错，来这里就是相信我，提前声明，首次费用较高，你看要不要我开药？春看我，我说，开药是肯定的，主要想听听您的治疗方案，与西医的治疗不同之处在哪里？男人说，通过喝中药来调理气血，该排的毒素排出，该吸收的药效吸收，与西医不同之处你肯定知道，不用我多说。我奇怪地问，你怎么知道我知道？男人说，你对这些有领会，我听过你说出的区别，那我开药了？春说，开吧。

男人开药中，我问，你认识我？男人说，不认识。春示意我别问了，不要影响开药。我不管，问，你这里有最原始的药吗？男人看一眼我，没搭理我的问题，说，取药的地方在一楼。春看我还要问，掐了一把我的胳膊制止。从门诊室出来，坐扶梯下楼，春责怪我话多，胡乱显摆那点知识。我不说话，到一楼交了费，排队取药。

春去洗手间，我坐在取药窗口对面的椅子上等待，无聊中看向窗口，发现配药的中年女人向我招手，我用手指自己，无声地说，叫我？中年女人点点头，示意过来。我走过去，中年女人出来，拉我到无人的拐角，拿出一个小纸包，说，这个给你，总算等到你了。我说，你认识我？你知道我叫什么？中年女人说，不认识，但我知道你叫人。我用手指捏纸包里的东西，说，这是什么？为什么要给我？中年女人说，这是我师父交给我的任务，我不能多停留，要是被人发现，我的身份就暴露了，我先走了。看着她进入取药房，我就把小纸包装进口袋，回到取药窗口找她，人已不见。另一个配药师傅给了我药。拿了药，我仍然向取药窗口里张望。这时，春回来，问，你找什么？我说，没什么，我们走吧。

春提议去附近商场逛一会儿，然后一起吃个中午饭。我同意，这也是情侣最应该做的事情，说，吃完饭还可以看场电影。春开心地说，这样最好。我们走路来到附近的商场，我把手伸进口袋隔着纸包抚摸里面的东西，很坚硬，是不规则的形状，有棱有角，表面有长短不一的刻痕。我一边摸，一边想，这东西到底是什么？进到商场，春在护肤品店停住，依着售货员的介绍挑选需要的护肤品，我站在外面无所事事地胡乱看。一个穿着汉服的青年，经过时故意撞了我一下，他的手狠拽了一下我的口袋内衬，像是要偷走小纸包，我一把抓住他拽我口袋的那只手，说，什么意思？大庭广众之下偷东西？青年挣脱开，头也不回地跑起来，嘟囔着说，算你幸运，后面就不会有这么幸运了。我加快步伐，准备迎面拦截，眼看要碰面，青年一个转身，往回走，这次我拽住青年胳膊，问，什么幸运不幸运，说清楚。青年不答，用力甩开我的手，消失在人海。

春出来，找不到我，打电话过来，说，人，你去哪里了？我说，就在前面，你往前走走。春很快过来，没好气地说，你如果有事咱就不逛了，你忙你的，别心不在焉，一会儿就不见了。我说，没事，我们走。接下来的时间里，我时刻观察着会不会再有人来抢这小纸包，然而，直到与春分手也没有出现这种情况。在商场我没有打开小纸包，一直等到回了家，坐在沙发上，倒了杯茶，才小心翼翼地掏出来，关掉房顶的大灯，换上昏黄的台灯，不知为什么这样做，就是觉得应该创造这样的环境。随着拆开纸张，纸包里的东西缓缓呈现在昏黄的灯光下，是一块不大的骨头，很坚硬，表面有长短不一的刻痕，像图画也像文字，我认不出。

我试着将其放在掌心，用另一只手覆盖，果然，感知到那个出现了多次的声音。有意思，竟然是这样的方式再次出现，可是，药房里的中年女人是谁，抢我东西的青年是谁，他们之间有着什么样的联系？不想这么多，为防止潮湿空气把它破坏，我原样把骨头包回纸里，放在电脑旁的木头镇尺上。这根木头镇尺虽然不是多金贵的木质制成，也不是古董，但这是前年深赠予的，他说是自己在路上捡的，感觉很不错，适合我。我珍惜这样的友情，信任深的眼光。我把骨头和木头镇尺放在一起，鬼使神差地认为它们之间有一种能量在进行自由流动。

洗漱完，春打来电话，说，回到家里就熬了中药，喝了半碗，真是难喝。我说，这说明我们的身体离植物太远，对大地没有了感觉和想象，要逐步去避免这种排斥感和缩小这种距离，我们的身体本来也是这些植物的土壤，接纳起来应该是自然而然的事情，何至于这么艰难。春不屑地说，一说就是这套，魔怔了。我说，爱信不信，你要试着这样去想，去很自然地接纳，你的身体就是这些转化为汤汁的植物的另一种生长土壤，这样药效也会好，脸上的痘痘几天就不见了，这是我今天上午感觉到却没有说出的道理，中药的药效有这样看似玄乎的意念诚意在里面，不像西药很有目的地哪里有问题治哪里。春说，好好好，说不过你，你是文化人，是作家，我还想说，学校里现在一堆事，办公室主任经常说我这做不了那做不了，其实就是觉得咱学历不够，是个独立院校毕业的。我说，说就说吧，做好自己的工作，慢慢进步，不要想太多，想太多也没用。春叹口气，说，一天净说废话，你忙吧，我也要去忙了。

坐在沙发上想着近来也没怎么看书，心里有些空荡，环视了一圈逼仄的房子，放着满满当当的书，靠墙有一张沙发床，既是睡觉的地方，也是平时闲坐的地方，从二手市场买来不大的木头桌子，贴窗户放着，进门一侧是不到两平方米的洗手间。整日让自己蜷缩在这里，像是窝在洞里的老鼠，但此刻我却热爱这样的昏暗，模糊里仿佛有无尽的奥秘。这次和上次又不一样，回想塞给自己骨头的中年女人和商场里故意想抢走骨头的青年，以及现在镇尺上放着的骨头，在这种幽暗的环境里，自己又何尝不是一个具有些许灵气的物件？再次想到那个感知到的瞬间和声音，想到往后生活里可能会出现比这些更扑朔迷离，更难解的人和事物，安慰自己无须再慌张，这些人和事物应该皆是提示自己找寻那个感知到的瞬间和声音的秘诀。只是这些都是流动变幻的。看了一眼时间，不到十点，心中有无数文字跳跃，今晚可写的很多。

五

入冬，一化全然静默。夜里，人们躺在烧得滚热的炕上，悄声说着私密的话，说着说着便进入梦乡。白日，天气好时，人们晌午出来坐在向阳处晒太阳，待日暮便三五成群地回家去。一向稳重的物，近来却时不时就出去，有时装作去捡柴，有时装作去上茅房，有时什么都不装，随心随意地出去，一出去就很久，回来脸上洋溢着神秘的笑容。泉最先发现了物的不对劲，有一天他躲在院子入口处的墙后面，物进来，泉跟在后面，物沉浸在自我的愉悦里，根本就没发现被人跟踪。泉跟到家里，猛不防地出现，说，哥，你有什么开心事，说出来听听。物被吓一跳，说，你从哪里出来的，鬼一样，走路怎么没声没响。

泉靠在土台子上，问，是我走路没声没响，还是你想美事想得太投入？物从地上捡起木头，说，灶里火不旺了，你也不说添柴，不想要暖和了？泉笑而不语。

物给灶里加了柴，一时不知道做什么，看泉盯着自己看，说，你该干什么干什么，看我做什么，我身上有活啊。泉意味深长地说，你身上有不一样的气息，不信你自己闻闻。物有些慌乱，抬起胳膊闻衣裳袖子，说，没有啊，有什么气息，你狗鼻子啊。泉说，别再装了，我都看到了，那事怎么样，说说，哥。物最听不得这种话，生气地说，你知道你在说什么吗？泉，你现在怎么这样，那事是什么事，还有，哪里有弟弟这样和哥哥说话的。泉说，生什么气，你知道我说的那事是什么事，没意思。泉上炕躺下，头蒙上被子。

这样一试探，泉越发确定心中的猜想，八九不离十，大哥就是有事情。过几日，物不再警惕，泉继续跟踪。吃过晚饭，物一如既往地出去，隔不多会儿，泉依凭着往日的观察，快步追上去。能听到物的脚步声了，泉放缓脚步，为不发出声响，干脆脱掉鞋，赤着脚走，跟到分岔路口，物停住，吹声口哨，哨声没落，旁边大树后面有黑影探头探脑，娴熟亲热地问，物吗？物问，喜鹊吗？黑影站出来，兴冲冲地向这边跑来，物同样跑起来，两人拥抱在一起。喜鹊说，物，以后不敢这样频繁见面了，我感觉我爸起疑心了。物说，不见会想死人的，你想要我死吗？喜鹊说，我也是，物，人想人真是太难受了。泉越听越气愤，真是想不到，大哥平时文雅稳重，竟然还有这样骚情的一面，以前小瞧大哥了。

两人相拥一阵，物说，走，去那里。喜鹊娇滴滴地说，物，不行，我不敢出来太久，还是算了。物不由分说地拉着喜鹊的手往前走，喜鹊也没有过多拒绝，泉跟上。物和喜鹊来到一个土墙拐角，这边夜里确实少有人来，泉躲藏在能看清他们又隐蔽的地方，物迫不及待地抱住喜鹊，喜鹊也紧紧搂抱住物，不一会儿便如胶似漆地黏在一起，喜鹊的呼吸逐渐急促。泉怒火中烧，但心中出于某种窥伺的快感，竟然让他没有站出去揭露，就那么看着，直到他们结束，各自整理好衣裳分别。泉走小路提前回去，物回来便躺在炕上，满足地睡去。

之后泉又跟踪过数次，物和喜鹊皆没有发现。最近一次差点被发现，泉还是像往常那样躲藏在老地方，挪动麻木的胳膊时，忘记了倚靠着的土块有些松散，一动，土块哗啦啦落下来几个，发出声响。物和喜鹊停止云雨之事，屏气凝神，目光皆向这边投来，泉动弹不得，跟着屏气凝神，像是一场对于寂静深度探索的较量。不一会儿，喜鹊看再没有动静，说，可能是老鼠跑动或土块自然掉落。物心思缜密，尤其在此事上，绝不能有任何疏漏，穿好衣裳，边说话边光脚朝这边走来，说，不管是什么，我都要一看究竟。小心翼翼的脚步不断靠近，泉看躲不过去，心中暗数一二三，离弦的箭一样，嗖地跑出去。物奋力直追。泉不知跑了多久多远，觉得物没有追上来，才停住脚步，弯着腰双手扶在膝盖上气喘吁吁地歇息，心想，自己得先回去，不然必定会引起物的怀疑，于是便往回赶。

快到院子前，泉调整呼吸，等呼吸平稳下来，故意在进门那刻做出提裤子的动作。果不其然，物提前回来，坐在炕边，看到泉，说，这么晚去哪里了？泉不在意地说，能去哪里，上茅房拉屎啊。物声音冰冷地说，哄鬼去，茅房我刚去过，没看到你啊，难不成你会隐身术？泉也不心虚，说，那谁知道，我也没看到你啊。物说，你老实说，这么晚去哪里了？泉不耐烦，说，你到底想说什么？物，你有什么权力过问，哪里凉快待哪里去。物紧追不舍，说，我是你哥，就有权力。泉不屑地说，狗屁权力，少在我这里装大，平时让让你就行了，别蹬鼻子上脸。

安和大地没在家，家里空气一度凝滞，物停顿了一会儿，说，你为什么要撒谎？泉说，我撒什么谎了？物不再绕圈，说，你明明跟踪我了，为什么不承认？泉说，你在说什么，什么跟踪你，谁闲着没事跟踪你？物说，还装，我都捡到你衣裳的碎片了，是跑得太快被旁边树枝撕扯下的吧。泉看到与自己衣裳一样的碎布片，一时无法辩解，于是梗着脖子，硬着头皮说，我就跟踪了，怎么了？喜鹊我也喜欢啊，我就不知道了，为什么什么东西你都要和我抢？物说，还真是你啊，泉，你为什么要这样做？泉突然意识到物拿出的碎布片是在使诈，翻看了一下自己的衣服确实没有破损，才发现自己上当受骗了，转身往门外走。

物三步并作两步过来，将泉拉住，说，没说清楚想去哪里？泉说，你要我说什么？物用身体挡在门口，说，说什么你自己知道。泉往开推物，说，我不想说，我也不知道说什么。物纹丝不动，身体紧贴着门，说，不说就休想离开。泉烦躁起来，说，你到底要我说什么？说你们做那事的享受还是浓情蜜意的美好？物登时面红耳赤，说，泉，别太过分，别胡说八道，要是再多说一句我就动手了。泉摇摇头，苦笑着说，让我说的是你，不让我说的也是你，你到底要怎么样？

物把门让开，说，走，我们去外面解决。泉跟着出去。物出了院子，径直地往公共捶打庄稼粮食的地方走，到虚土较多的地方停住，说，就这里，来吧。泉摸不着头脑，说，做什么？物说，你不是恨我吗？觉得我什么都和你抢，而且我还都能抢到，你不是不服气吗？来吧，打一架。泉笑着说，小孩子把戏，我不和你玩，我要回去睡觉。物看泉要走，猛地过来，将泉拦腰抱住，双脚一使劲，泉身体失去重心，倒在地上。泉还是没有还击的意思，坐起身，说，好了吧，我回去睡觉了。物气呼呼，一脚踢在泉的肚子上，说，你不是也想要喜鹊吗？可惜了，喜鹊是我的，我们一起享受了很多次，数都数不清。

泉站起，拍拍身上的土，吼道，你是不是疯了？别逼我，这下够了吧。物没完，恶狠狠地扑过来，抱住泉的脖子往倒摔，说，我就逼你了，你能怎么样？泉不再忍让，脚伸过去，一掏，手上使劲，掰开勒脖子的手，猛地转动身体，物倒在地上。泉说，从今天开始我不会再忍让你，你要争夺，那咱就来。物站起身刚要扑过来，只见泉愣住，看到物身后的父亲，叫了一声，爸。物闻声回转头看，大地照脸就给了物一巴掌，说，在这里胡闹什么？你作为老大，怎么就不懂得忍让和羞耻。物整个人软塌下来，大地像是提溜一只半死不活的羊，嘟嘟囔囔地往家里走。

回到家里，大地把物扔在地上，然后气呼呼地站在炕边，泉站在门口的土台子旁，母亲安从炕上坐起，看着这一切，说，怎么了？大地。大地说，你问问他们，一天也不嫌丢人。母亲从炕上下来，先扶起地上一滩水一样的物，说，你们做什么了？我和你爸回来不见你们，你爸出去找，到底怎么了？泉手指抠着墙上的土，不说话。物坐在低矮的土台子上，镇定了一会儿，说，今天是我太冲动太鲁莽，与泉没关系。大地双手抹把脸，说，你和喜鹊的事情我早就知道了，我知道会有这么一天。泉说，爸，你知道为什么不说？大地说，喜鹊就是你哥的妻子，这是注定的，有什么好说的。泉用舌头舔了一下干巴的嘴唇，说，凭什么？我不服，你不能这样偏心，爸。大地说，我没有偏心，这是上天安排好的，谁也不能更改。泉说，都是借口，上天什么时候安排的？上天又是什么？大地说，闭嘴，上天怎么样安排轮不到你说三道四。泉说，你就是偏心，自小就看好物，我哪里比物差？难道就因为他比我早出生吗？还打着上天的幌子哄骗我，我不是三岁小孩子。

大地厉声道，闭嘴。泉故意挑衅，说，我就说，嘴长在我身上，我想怎么说就怎么说。大地抬手就是一耳光，说，闭嘴，无法无天。泉的眼泪在眼眶里打转，说，好，扯平了，你打物一下，打我一下，现在说正事，你准备把首领的位置传给谁？大地看着自己的手，说，子承父业，由长子继承，这是规矩。泉擦干眼泪，说，那个能控制一化的法宝呢？大地直截了当地说，谁继承首领位置就交给谁。泉说，那意思我就是什么都没有，对不？大地冷冰冰地说，是。

安看父子俩对话火药味渐浓，说，泉，别听你爸胡说，他现在是在气头上。大地说，我不是胡说，事实如此。安无缝隙地接住话语，说，大地，你少说一句能死吗？今晚是怎么了？泉说，好，怪我出生晚了，我认了。物软塌在身体里的骨头突然挺直起来，说，让泉继承，我不要。泉说，别，我要不起，还是你留着自己玩吧。大地说，这个不是可以推让的，谁的就是谁的，睡觉。泉先上炕，躺在自己的位置上，被子蒙住头。物站起身，也睡去。

六

清早洗漱完，看到骨头和木头镇尺，我不禁想起深。木头渗透进去了深的情义，加之无名骨头的融入，显得格外别致显眼。我发了会儿呆，也无具体安排，那就看会儿书。不觉间便到了晌午，肚子有些饿，不知去吃什么。春打来电话，我接起，说，怎么了？春。春有些烦躁地说，这中药太难喝了，还有，这几天也按医生说的，用晾凉的中药洗脸，这会儿怎么感觉脸上火辣辣，很不舒服。我说，我们视频，让我看看。挂断电话发视频请求过去，春接起。看到了春的脸，我说，我感觉你比前几天好多了，火辣辣估计是中药在和你皮肤里那些生发痘痘的顽固分子对抗，你要慢慢从心里接纳认可中药，这样你身体里的屏障就会少，中药就容易在你身体里生根发芽，净化掉那些现代污垢。春眉头皱起，说，又来这套，你身体里才有现代污垢，说的都是些什么话，神神道道。我说，听起来有些玄乎，但事情本质就是这样，念想是很能起作用的。春说，您境界高，我没有您这样的境界，您自己去念想吧。我再要说什么，视频被挂断。

又看了一会儿书，肚子叫唤起来，看一眼时间，十二点二十五分，合上书，到门口换鞋。手放在门把手上还没来得及往下按，就听到有人敲门，我没有贸然开门，眼睛凑到猫眼处看，可见之处空空荡荡。我疑惑，不敢动，心想，如果等几分钟不见有敲门声，那就开门出去。一分多钟过去，没有敲门声，我准备按压门把手时，敲门声又响起，门像是透明的，外面人有隐身本领，能看到我的一举一动。我眼睛再次凑到猫眼上看，所见之处仍旧空空荡荡，心有余悸，握住门把手的手有些僵硬。转念想，会不会是谁家孩子玩闹？那也不会，自己所在这层楼基本没有几岁大的孩子。

站立了一会儿，暗下决心，青天白日，管他什么，我猛地打开门，迅速看向楼道左右，空空如也，一切正常。我拉上门，拿钥匙反锁上门，向几米处的电梯走去，按了下去的电梯键，等待中，突然旁边楼梯门后跑出一个八九岁的小男孩，捂嘴笑着说，吓到了吧？我故作平静地问，刚才是你敲门？小男孩得意地点点头。我正要教训他，电梯来了，小男孩说，我们看谁快，我走楼梯。话音没落他便闪电一样跑出去，从楼梯口消失不见。电梯里还有人，我只好上去，电梯下行中，我心里七上八下，担心他跑太快摔倒或发生更严重的意外，到时候我肯定逃脱不了干系。我所在的楼层是十七楼，电梯在八楼停下，要上来的青年男女慢慢悠悠，我等不及，说，能不能快点，有急事。男人怒目圆睁，说，你嫌慢你自己去走楼梯啊，在这里催什么，我们就慢点，怎么了？我不想争吵，看了他一眼没说话。男人说，你看什么，不服气啊，不服气一会儿干一架，看谁怕谁。女人拉了一把男人，说，别惹是生非。转头对我说，对不起啊，你多担待。我连连摆手，说，没事没事。电梯角落站着的另外两个人手里提着垃圾，对刚发生的一切充耳不闻。

出电梯时，我故意落在后面，走进楼梯口查看，听响动，没有人的脚步声，难道小男孩已经跑出去了？我满心犹疑地往出走，出了楼门没走几步，就听到有些熟悉的声音，说，看吧，没我快吧。我寻声音看去，小男孩蹲在旁边长椅后面，随即站起来，说，意不意外？就是这么快。我问，你是谁家的孩子？这样很危险知道不？小男孩走过来，说，这对我来说小菜一碟，别瞎操心，管好你自己。我看着眼前不及自己腰高的小男孩，说，小孩子说话没大没小，狗咬吕洞宾不识好人心。小男孩依旧不依不饶地犟嘴，皇帝不急太监急。我不想纠缠，想尽快吃过饭，下午争取把剩下的那点书看完，说，赶紧回家吧，别让你爸妈着急。

我走出数十米，站住环顾四周，小男孩不见了，我继续往前走，出了小区大门，来到经常去的那家快餐店，老板笑着说，来了。我找地方坐下，说，老样子。老板边给别人打饭边说，稍微等下，马上，人。我说，不急，你先给别人舀。我闲着没事，拿出手机胡乱翻看，感觉有人在我的左肩膀拍了一下，我转头看，没人，继续看手机，感觉又有人在我的右肩膀拍了一下，转头看，还是没人，我觉察出其中的蹊跷，想着又是那个小男孩的恶作剧，凭着感觉，估算好时机，猛地转过去，刚好看到那只手，一把抓住。小男孩目瞪口呆，半天说不出话。我说，怎么样？还来不来？小男孩说，你也能这么快？我说，我凭的是难言说难看见的感觉。小男孩有些落寞又不甘心地问，你真有这么快？

老板将舀好的饭菜端过来，说，不好意思，久等了。我说，没事，给这位也来一份。小男孩说，我不吃，饱着。老板看我，我说，真不吃？不要客气，一顿饭我还能请得起。小男孩说，我不饿。我说，那算了。老板离开，小男孩不可置信地自言自语，你竟然能预判到我出手的时机，难不成你也会轻功？轻功还比我好？不可能的，绝对不可能，你们的轻功和我的轻功根本无法相提并论……我没理他，快速吃完饭，说，我得回去了。小男孩说，不，你和他们一样，是游荡于此的孤魂野鬼，你们接触不到真正的大地，怎么可能练就真正的轻功，差点就让你唬住了。

老实告诉你，小男孩，我依凭的真是感觉，没有你说的这些轻功什么的，别胡乱猜测了，告辞了。我惊讶自己竟然会说出“告辞了”这样的话语。如今是什么时代，与他人告别最常说的不是再见吗？小男孩说，想逃？没门，你说你凭借的是感觉，不是轻功，那你就是不会轻功。我说，你是谁家的孩子，我和你有什么关系，我们都不认识，你为什么要缠着我，你知道我叫什么还是我知道你叫什么？小男孩伸出手说，我知道你叫人，正式认识下，我叫轻。

我没有和他握手，从饭馆出来，想甩开男孩，正好有两个人抬着玻璃走来，被我当作掩体，一闪过去，折身走进跟前的蔬菜店，混在买菜的人群中，寻找最隐蔽的躲藏处。正想着，小男孩再次出现，说，别躲了，躲不过去的，我知道你和这里的其他人不同，你有一定的轻功，不要再遮掩了，我们比试一场，不管输赢，我都不会再打扰你。

我无可奈何，带着小男孩走出蔬菜店，来到河边没人的草地上，说，我真不会轻功，我就是个一事无成的青年，不知道你从哪里看出我会轻功？小男孩说，我知道你在做什么，这里的人皆在盲目地漂浮，你不同，夜里我看到你房子墙壁外面散发出的神秘光芒，能改变千篇一律无感的墙，说明其中住着的人绝对不简单。我惊诧地说，你真看到水泥钢筋材质的墙散发出神秘光芒？小男孩点点头，说，我们比试吧，你是如何触发轻功的。

我想起昨夜书里看到的冥想方法，此刻正派上用途应付这孩子。于是，我故作神秘地躺在地上，努力回想书中教的冥想姿势，开始胡言乱语：我不依靠这里的土地，躺平只是身体姿势，我有自己领悟到的土地，我躺在自己幻想的土地上，或虚构的土地上，或那块先验的土地上，再或者，我身体本身就是土地，我躺在我的身体里，我是谁？我说不清我是谁，但我知道我此刻是谁，彼时是谁，冥想是进入的方式，也是进入后的内容，轻功就是这样。

小男孩听后，赞不绝口，说，厉害厉害，我其实不愿意来，但我好奇你到底是个什么样的人，为什么能让他这么在意这么重视，受教了，我还是太肤浅。我问，他？小男孩说，你知道他。我自言自语，我知道他，我知道他，他……奇妙的感觉涌上，难道是……有了！这灵感放在正在写的小说里很合适。回过神，我想起小男孩，坐起身，左右前后环视寻找，小男孩不见了，整片草地上只有自己，顿时天旋地转起来，强忍着站起身，喝醉酒一样，左摇右摆地往前走，走向不远处的马路。

在草地上绕来绕去，不知走了多久才走出去。穿过马路，整个人恍恍惚惚，双脚发软，大地成了棉花，深一脚浅一脚地进小区时，保安从门口出来，拦住去路，说，好险啊，回来就好。我含糊地说，哦，回来了。保安说，赶紧回去吧，这趟折腾得够累。我已经没有力气去想保安为什么会说这样的话，好像他知道我刚才经历了什么，此刻，我不想多停留，浑身充满困乏，挥了挥手。保安点点头，回门房去。我一路快走，进了楼门，穿过两人宽的过道，坐上电梯。回到房子，坐在沙发上，泡杯茶，喝几口，飘忽感逐渐淡去，顺势躺在沙发上，睡过去。

醒来看一眼窗户，阳光已经远去，看一眼时间，果然不早了，空虚如火山一样喷发，强打起精神，坐起来，发阵呆，喝口白开水，走到书桌前坐下。看着电脑屏幕回想之前发生的事情，虚幻不已。给深发消息过去，在做什么呢？深。深很快回复，上班啊，你呢？人。我发，我不知道在做什么，你有没有那种感觉，整个人木木呆呆，要凝结成石像，所有的思辨能力都在丧失，好着急啊。深回复，有这种感觉，说明你在变化，或在寻找一种永恒的驱动力，在与自己斗争对抗，不打紧的，放轻松。我发消息，哦，那就好，你上班吧，我再琢磨琢磨。

起身在狭小的房间里徘徊，到底是怎么回事？重新捋捋，山上那个声音，在深的住处奇怪的梦，公交车上的厌恶情绪，骨头，还有，今天的小男孩，以及他说我住的墙散发神秘光芒。到底是想传达什么意思？为什么到这里有了混乱感和无力滞重感？轻说的那些话，让我陷入了二元对立的思维，我意识到不能再这样待下去，要出去找份工作做，拿出手机下载招聘软件，下载好打开，翻来翻去没有想做的工作，难道要去做服务员、送水工、理货员这些？可是，唉……

七

有了父亲大地的认可，物和喜鹊的情爱不再隐秘，两人肆无忌惮，入夜后经常去后山的偏僻处云雨，泉依然跟踪他俩，躲在不远处偷听让他抓心挠肝的声音，泉的身体也在被打开，急需像喜鹊这样的美丽女子。

物再次发现泉，径直走过来，泉没有像前面那般慌张逃跑，而是泰然自若地躺在原处，等待物过来。物气急败坏，说，泉，你还是人吗？做点什么事不好，为何非要跟踪我们，偷听我们，我是你哥，喜鹊是你嫂子啊，你这样不觉得自己无耻吗？

泉双手交叉当枕头，头枕在手上，一条腿弯曲，另一条腿搭在上面，脚悠然自得地摇晃着，说，我没有跟踪你们，是你们非要到我这里来，我苦闷，来这里想独自静静，没想到你们来打搅，至于听到看到的那些，纯属无意，所以你说的无耻，我不知从何说起。

物指着泉，说，你不单单是无耻，你是比无耻都无耻，你怎么能说出这样的话，一化后山那么大，为什么偏偏要来这里，难道不是有预谋的吗?

泉不急不躁，说，该说的我都给你说了，不想多说，你说的对，一化的后山这么大，为什么你们偏偏要来这里，难道不是在故意示威挑衅?

物愤怒地说，你就是嫉妒羡慕，你就是想女人，你就是故意跟踪，你肮脏至极，如果下次再让我发现，我会让你吃不了兜着走。喜鹊害羞地躲在黑漆的拐角里，缩成一团，说，算了，物，我们走吧。泉说，你说的都对，物，你能把我怎么样？物说，你这是没有礼义廉耻，你是畜生。泉说，少给我说那些，你确实是爸的好儿子，一切的一切都应该由你继承，但你也不要高兴得太早，我也不是好惹的。物说，你随意，我奉陪到底。喜鹊再叫一遍。物转身走过去。

泉躺着，看着天上的星月，想着什么。

泉不知何时睡过去，睁开眼睛已是半夜，看四周，茫茫然然，万籁俱寂，起身准备回去，刚走出没多远，就改变了想法，这会儿回去，父亲肯定会说他，而且还要挨着物睡。不如找个地方凑合到天亮，太阳出来再回去，父亲问起，就说去朋友家帮忙了。父亲也不会继续说什么了。因为自从上次大吵一架后，父亲大概也是觉得安排得有些偏颇，所以对他好多事能包容就包容。

泉想起去年山里放羊发现的山洞，没有多深，但很暖和，地上有很多庄稼秸秆，睡在上面软乎乎。当时就想着哪天要是家里住不下去了，就到这里。现在派上用场，泉换了方向，向那里走去。快到时，泉看到不远处有黑影向这边移动，一股凉意蹿遍全身，这大半夜，难道是鬼？思虑猜疑之际，暴露了自己，黑影停住，泉用手掐了一把自己的大腿，疼痛不已，壮着胆子，试探地迈出一步，黑影像是自己的影子，同样迈出一步。泉暗暗告诉自己，就算是鬼，此时也难以躲避，既然如此，那就去搏斗一把。

泉走一大步，黑影同样走一大步，泉继续走，黑影也继续走，眼看没有多少距离了，泉豁出去了，大声说，哪里的鬼怪，今天遇上我也是你的不幸。黑影跟着说同样的话。泉听出是女人声，说，嘿，还是个女鬼啊。黑影跟着说同样的话。泉调侃着说，你是男女不分啊，我是男的。黑影跟着说同样的话。泉说，哄鬼去吧，明明是女人声，鬼哄鬼是你们惯用的伎俩，可惜我不是鬼，哄不了我。黑影这次没有跟着说同样的话，沉默了一会儿，忽然大笑起来，说，泉，吓坏了吧，我就是女的，听出我是谁没？泉快速在大脑记忆里搜寻，不敢确定地说，你是情？黑影只笑不答。泉说，那就是了，你大半夜跑这里做什么？黑影说，你大半夜跑这里做什么？泉说，别学我说话。黑影慢慢走过来，说，我是真的要问，没学你说话。

泉看清走近的黑影，果然是情，她一脸媚笑，尽管三十多岁，但身体如十几岁少女般丰韵。情说，我闲着没事瞎转呢。说着便将身体挨上泉，妖娆魅惑地说，欲望难耐了吧，你看我怎么样？泉被勾起了欲火，不再追问情出现在这里的真实原因，也没有躲开情的投怀送抱，他的脸贴在情脸上，感受到对方加快的呼吸，说，你有办法疏解？情莞尔一笑，嘴唇贴住泉的嘴唇，亲吻了一会儿，说，这样怎么样？泉没回答，伸手搂住情的腰，边疯狂亲吻边往旁边的土坡上退。两人放肆地玩耍一番，躺在地上歇息，泉没够，再次翻身，压在情的身上。

分别时，情坏笑着说，泉，你就不怕你爸发现咱们的事情？泉说，你就说刚才好不好？情点点头，略带回味地说，好。泉说，那就结了，往后我们随时约见。情说，好的。泉没有回家，到洞里的庄稼秸秆上躺下，看着洞顶想着与情的云雨事，原来欲望是这么回事，怪不得大哥物那么多次都不够，想着想着坠落进去。醒来阳光已照进洞口，缓会儿神，站起身回去。

没两天，泉就忍不住到情经常路过的地方等待，见情跟着人过来，泉就站在路边，看着天空，装作没看到情，情领会了其中的意思。泉到达上次睡觉的山洞没多久，情便手上挂着筐子过来。两人一顿亲热，泉用嘴堵住情要说话的嘴，情找到亲吻的间隙，说，这么快就想了？到底是青年人啊。泉将她推倒在庄稼秸秆上，趴在上面，说，你不也想了，说不准你想得更厉害。情撒娇地说，年纪这么小就这么坏，哪里学的。泉说，这个还用谁教吗？无师自通，没出生之前就会了。情不屑地笑笑，眼睛示意，快点来吧。结束后，两人躺着相拥着，情说，你爸迟早会发现，到时候会把你我打死。泉说，有我在不会，别担心。情依偎在泉怀里，说，我才不担心，怕你担心。泉轻蔑一笑，翻身坐起，压住情，又是一通云雨事。

父亲大地很快就发现了此事，和泉意料的一样，父亲没有声张，把泉叫到没人的地里，开门见山地说，你是不是和情有乱七八糟的事情？泉不以为然，说，那怎么能叫乱七八糟的事情，每个人都做的事情，难道每个人都乱七八糟？父亲说，你就说有没有？泉如实说，有。父亲说，果然如此，你就是个坏种，小时候怎么就没看出来。泉问，我哥给你说的？父亲说，你别管谁给我说的，你说现在怎么办？泉无所谓地说，不用怎么办啊，就这样维持着。父亲闭上眼睛长舒一口气，照着他的屁股就是一脚，说，净惹事，情的男人现在还不知道，知道了后果你自己想。泉说，后果能怎么样，大不了我娶了她，反正我又没有我哥那样的命。父亲被噎住，半晌才开口说，我帮你把这烂事处理好，从今天起，你要是再和情见面，我就打断你的腿。泉说，我的事我自己会处理，不用你管。父亲强硬地说，我的话已经说到，听不听是你的事，如果再见面，我就把你腿打断，让你一辈子躺在炕上，我说到做到。

八九天过去，泉没有去找情，第十天一早，情在路上堵住郁郁寡欢的泉，给出信号，两人不约而同地来到僻静的地方。情拉住泉的手，用自己的手抚摸着，说，怎么了？泉，你厌倦了？泉摇摇头，叹口气。情说，你爸发现了我们的事情？泉点点头，说，我也不知道他是怎么发现的，肯定是谁给他说的。情故意说，那我们还是不要见了，就此断了吧，免得你被打骂。泉看着情，身体里的欲望像疯子一样四处冲撞，说，管他呢，爱怎么样怎么样，我就是要你。随即把情推倒在地，野兽一样发泄身心的欲望。情很配合，满脸的享受，喘息着说，我也舍不得你，我的泉，壮实的身体，那么好，不像我家那男人，中看不中用。泉说，我爸找你没？情说，没有，我们以后见面可以少一些，这样就不容易被发现。泉更加兴奋，说，发现又怎么样？我哥是我爸的一切，我什么都不是，既然什么都不是也就不用他管，我爱怎么样就怎么样。情双手紧紧抱住泉的腰，陷入爱欲的泥沼。

春回大地，这天，泉和父亲往地里运送羊粪，到地里，从车上往下铲羊粪时，父亲说，我的话你当作了耳边风，你真是厉害，泉，一化没人管得了你。泉装作没听到，自顾自地干活。父亲用铁锨压住他的铁锨，说，我上次说了，你要是再见情我就打断你的腿，今天我就说到做到。泉说，好，我今天也把话撂下，你今天不把我腿打断你就不是人。父亲没想到他会这样说，此话一出，再没有退路，只好拿起铁锨，说，好，我今天就成全你，看你以后还狂不狂。

早就在地里扬撒羊粪的物看到父亲举起铁锨向着泉的腿砍去，撕扯着嗓子边喊边跑，爸，住手，住手，我有话说。父亲的铁锨停在半空中，物跑过来一把夺下，说，爸，你这是做什么，就算有天大的事情，这样也不解决问题啊。泉说，少在这里装好人，别虚情假意，告状的人是你，阻拦的人也是你，你是想方设法地要做好人啊，要不要脸，物。

父亲气得手发抖，指着泉说，你看看，你看看，这是人说的话吗？我怎么就生养下这么个畜生，你和情胡乱搞你还有理了？她的年纪都可以做你的母亲了，你这样做是什么，你知道吗？泉没有任何畏惧了，说，我还真不知道，你说给我听听。父亲要抢夺物手里的铁锨，说，拿过来，今天就让我了结了这个畜生。

物转头看着泉，说，泉，你就不能少说几句，非要把爸气出个好歹你才满意，对不？泉说，这是你说的，我可没说。物深呼吸几下，让自己平静下来，说，泉，我知道你的心结在哪里，今天咱们爷仨都在，也可以把话说开，我先表态，继承首领的位置或者法宝，你选一样，我近来也一直在想，都是我得了，对你确实不公平，你看这样分配如何？父亲说，做好的决定不会更改，物，首领位置就是你继承，法宝也给你，这是规定，不能打破，这没有公平不公平，如果泉生在你前面，这些也都会给他，这几天我就会把这些事情定下来，并且公之于众。泉说，我不稀罕这些，也不用可怜我，我没有这些也照样能做到统领一化。父亲说，好，泉，你有这样的骨气，我很欣慰，但你和情的事情，我必须解决，也就这几天。泉说，好，我倒是要看你怎么解决。

天气越来越暖和，再过几天就可以播种了，这一天吃完午饭，大地说，都留一下，包括安，我有事要安排。泉迈出门的脚收回来，倚靠着门框站着，物蹲在地上，身子倚靠着墙，安准备洗碗筷，说，如果是你们男人的事情，我就不参与了。大地说，是男人的事情，但今天你不用回避。

大地坐在炕边，说，我本想着迟两年安排，现在看来是我一厢情愿了，不过也好，趁着我现在身体还结实，就把此事安排了，纵然谁有不悦，那也由我来解决。泉把玩着手指，说，要说什么就说，别绕弯子，你直接就说，我不生气，爸，或者你说，有你在就会维护我哥的位置。物解释说，泉，不是你想的那样，我没有和你争的意思。泉说，随便吧，争不争都是你的。大地呵斥一声，闭嘴，泉！一天就你事情多，任何事情都有个说法。母亲看一眼泉，示意别说了。

大地端正了一下身子，说，物是长子，我的位置由物来继承，继承了位置也就意味着继承了法宝，我和喜鹊家已经说好，最近你们完婚，自此你就是一化的首领，物，身上的担子不轻，要努力去做好。物上前跪下，说，爸，儿子定当竭尽全力。大地说，起来吧，法宝等会儿我单独给你。物起身站在一边。

大地看了一眼泉，说，站直，泉，一副蔫头耷脑的样子，我们现在是说重要的事情，不是闲聊。泉赌气地说，不好意思，你孩子不成器，自然也就站不直，就这样了，你凑合着看吧。安说，泉，怎么和你爸说话呢，好好的。大地说，泉，你心里有气我知道，这样，你虽然得不到首领位置和法宝，但我可以教你发明创造，你也会得到一化民众的支持，还有，你和情断掉，我找过情了，警告了她，如果她再敢勾引你，我就用一化最重的刑法惩罚她，她说她不敢了。泉怒吼，爸，你就是暴君，七情六欲是人的本性，你现在要管，我还就不听了，你有本事把我杀了。大地说，这是不正常的七情六欲，泉，情有男人，如果所有人都和你这样，一化就乱了，如果情没有男人，我退让一步，不在意年龄，你们可以去我看不到的地方生活。泉说，我不管这些。

你觉得你和情在一起是发泄身体欲望还是爱情？大地问。泉说，是爱情。大地说，整个一化就看上情了，对不？泉说，对。大地说，好，如果是这样，你和情的男人去说，自此你不是我的儿子，我不是你的父亲，我们断绝父子关系。泉正在气头上，话赶话，说，好，我和情的男人去说，也请您放心，在去说之前我们就断绝父子关系，绝对不会连累到您。大地停顿了一会儿，平复了一下心情，耐心劝道，泉，你要知道，喜鹊爱的是物，物也爱喜鹊，他们是情投意合，两相情愿，你呢？喜鹊不爱你，尽管你爱喜鹊，但那是一厢情愿。还有，我们都冷静下，你和情一起，那是在怨恨我，和我赌气，对我在首领位置继承、法宝传授和喜鹊事情上的决断的一种报复，现在你的目的达到了，我确实很生气，但就不要再继续下去，这样下去只会闹得人仰马翻，身败名裂，主要是你，你以后还要在一化做人，做大事情，你和物各自有各自的使命，不要过早葬送于此，你好好想想。

泉静默下来，母亲安看紧绷的气氛有所缓和，走到泉身边，拍着他的肩膀说，妈知道你自小要强，不甘落后，可是我的孩子啊，你要知道，你现在做的事情是没有未来的。情绪是情绪，终究要冷静下来，去做自己该做的事情。听你爸的话，他是为你好，要理解他，他也有他的难处和苦衷。泉用手搓揉了一把额头，长叹几口气，低下头。

大地说，泉，我现在说再多都无用，但你要记住，你有你的命运，每个人都有自己存在于世的意义，我这里还有一种选择给你，我可以给你介绍一个女子，我可以保证，一化绝对没有这样容貌的女子，说美若天仙一点都不为过，唯一的缺陷，她是个哑巴，你敢不敢见见？泉也心知肚明，和情继续下去就像父亲说的，不会有结果，既然父亲给了台阶，那就见好就收，不要再执拗下去，于是说，见就见，我泉死都不怕，难不成还怕见一个人？父亲说，好的，那就暂且这样说定，你们先出去，物留下，我把法宝给他，随后找时间，带泉去见那女子。

泉和安走出家门，坐在院子里的石头上。

八

心里总想着事，找工作一再被搁置。苦闷与虚无反反复复。最难忍耐的就是每日早起拉开窗帘看到那烂漫的阳光，世界依旧，而自己却庸庸碌碌。不知是否因为自己定力不够，明知这般胡思乱想无用处，但还会焦躁不安地白白浪费时光。春前两天电话里说起重新租房子的事情，当时我不同意，与春争吵不止，春委屈地说，这小区老旧，她住的又是一楼的次卧，阴暗、逼仄、潮湿，每日下班回来就像是钻进了老鼠洞，洗澡都得去外面的澡堂。现在想来，自己真是失败，给不了心爱的女人好的生活不算，还用话语重伤她。

一早上什么都没做，到了午饭时间，我像往常一样，犹豫要不要吃饭。告诉自己，空想无益，不如行动，强打起精神，去洗漱换衣服，出去帮春看房子。出楼门那一刻，暖和的阳光洒照在身上，生活的美好被激活，走在小区里，想起那日遇到的轻，环顾四周，想看他是否又在某处躲藏着，走出小区也没有发现他的身影。路过吃食摊，选中一家卖饼的店，说，给我来两个。五十多岁的女人说，两个能吃饱？我说，差不多，吃多了也是浪费。女人说，胡说，吃饭怎么是浪费。我付钱，笑着说，哎，每天活得像个废物，年轻的废物，一事无成，对于这样的人，吃饭不是浪费是什么？女人说，不能因为烦心事就糟蹋自己的身体，一切会好的。我付了钱，拿了饼，道谢后离开，边吃边往公交车站走。

坐公交车倒地铁，地铁口出来又走了一截，来到春教书的学校附近，这次租个环境条件相对来说好些的，房租贵就贵，大不了每月我省吃俭用些。这都不算事，男人嘛，连这点承担的胆量都没有，还能做成什么大事。我自言自语地教训自己，人啊人，这两年是怎么了，大学时那种冲劲呢，现在扭扭捏捏，像什么样子，害怕这，畏惧那，窝窝囊囊，我都看不起你。是啊，这不是我本有的性格，我就不是这样的人，我的性格应该与此恰恰相反。以后要是再这样，什么话都不要说，一切都是你自己造成的……

我来到路边的公告栏前，搜寻合适的租房信息，有一个房子感觉不错，顺着租房广告上面的电话拨过去，对面有人很快就接起电话，说，喂，你是？我说，我看到了您张贴的租房信息，现在房子租出去了吗？对方说，有人来看过，还没决定要不要租。我说，我现在想过来看看房子，能行不？对方说，过来吧，我这会儿正在房子里。我确认了一下地址，说，白云街道三十六号黄土小区三号楼九〇二室，对不？对方说，对，过来吧。我打开手机地图，在搜索栏输进去“黄土小区”，搜不出来，换输“白云街道三十六号”，搜出来了，心想可能是这小区名称还没有来得及录入地图软件。

大概花费了十分钟，我到了地方，但怎么也找不到黄土小区，给那人打电话，电话无人接听，问几个过路的人，都说这里就没有黄土小区，是不是记错了地址。我再次确认那会儿用手机拍下的租房信息，地址没有错啊。焦急中，有电话进来，我接起，说，喂，你是？对面说，那会儿忙，没顾上接电话，这是我另一个手机号，你到了？我说，我到了，可这里找不到你说的黄土小区啊。对方说，你现在在哪里？我看一眼旁边的小区名，说，我在云上小区门口。对方说，这就是黄土小区，你进来。我往进走时看到保安，说，你好，麻烦问下，这小区也叫黄土小区吗？保安说，不叫这个名字，哪个开发商会给小区取这么土的名字。我哦声离开。找到三号楼，坐电梯来到九楼，顺利找到九〇二室，门开着，里面的人正在抽烟，五十多岁的样子，看到我，问，好找吗？我进去，说，还好还好。

男人抽着烟，炫耀地说，你看看，就是这个房子，我装修好都没住，都是新的。我看卫生间、厨房、阳台这些，确实都是新的，说，你这大开间大概多少平方米？男人说，五十五平方米，最适合你们年轻人住。我说，房租还有没有少啊，如果价格合适我立马就租。男人熄灭烟，说，我们都是实诚人，也有缘分，我就说个实在价，每月一千三百块钱，不能再少。我快速盘算下，说，好，我租了，我能不能押一付三，押一付六一下拿不出那么多钱。男人爽快地说，理解，押一付三可以。签完合同，男人交了钥匙，我想起合同上写着小区名字是“云上小区”，便问，我们小区名到底叫什么？男人说，你觉得叫什么好？我玩笑着说，这个还能我觉得？男人说，我就觉得黄土小区好，云上小区是那些庸俗人给起的。我说，主要是黄土小区没几个人知道。

租房手续全部办完，男人没有要走的意思，我装起自己的那份合同，想拍几张房子的照片，给春一个惊喜，碍于男人在，觉得不好意思，便委婉地说，叔，你忙就先走，我再看看。男人把合同装进衣裳口袋，说，刚想起，我给每个房子买了加湿器，这个房子的忘记拿过来了，你和我去取一趟。我答应下来，等拿到加湿器过来再慢慢拍照片。男人走在前面，我跟在后面，出小区大门时，保安说，黄土大哥，要走啊？男人说，走呢，你还记得我叫黄土啊？保安微笑着说，怎么不记得，你在这小区有六套房子，没有几个业主比你房子多。我想起合同上眼前这人写的名字，说，叔，你不是叫高原吗？男人对我做出嘘的手势，意思不要多言。

从小区出来，我们并行一段路，男人说，高原这个名字没几个人知道，也不会有多少人在意，我经常用的是黄土这个名字。我担心地说，那合同上写高原，具有法律效应不？男人伸手拍拍我的肩膀，说，肯定有呢，我知道你担心什么，别担心，你没听见保安说，我在黄土小区有六套房子。我说，哦，叔，那我称呼你什么好？男人掏出烟，抽出一根点着，吸一口，说，就叫叔吧，其他的都在变化，其实叔的称谓也在变化。我说，是的。越走越远，我心里没了底，说，叔，取加湿器的地方还有多远？男人说，别担心，你看，那是我的车，开上车就很快了，到时候我再送你回来。我顺着他手指的方向看去，一辆平平无奇的面包车停在路边，我跟着他过去，上了车，开了半个多小时。我们离开大路，来到小路上，我不敢再大意，手伸进裤兜，握住签合同用过的油笔，心想，如果有什么不对，我就拿油笔招呼过去。

路变宽的同时也颠簸起来，男人说，再坚持一会儿，马上就到了。我身体紧绷着，低沉地嗯了一声。又过了二十多分钟吧，车停在锈迹斑斑的大门前，男人下去开门，我从兜里掏出笔，拔掉笔帽，死死捏在手里。大门打开，映入眼帘的是望不到头的宽阔土地，男人上来将车开进去。车停在一片树林里，我跟着男人往前面的黄土地上走，很快，无数胡乱摆放的家具出现，与男人年龄相仿的女人从沙发上站起来，说，高原，你回来了，哦，还带了客人来？我挤出微笑，说，你好。男人说，星宿，做饭没？女人尴尬地说，没有，我以为你吃过了，我就胡乱吃了点。男人指着地上放着的家具，对我说，你随意坐，我给你去取加湿器。女人也说，你随便坐，我们这里是乱些，但不用拘束，没有烦琐的讲究。

看着男人女人向着不同方向走去，我转动身子看一圈，想不到城市里还有这样的地方，坑洼不平纯粹原始的土地上，长着家乡特有的辣辣草、青草、打碗碗花等植物，没有花草的空隙处摆放着杂乱的家具。为验证自己的猜想，我蹲下，用手摸土地，抓起一把土放在鼻子上闻，就是这种味道，比家乡的土地都纯粹，拔一颗辣辣草，揪下叶子和根放嘴里嚼，熟悉又正宗的味道充斥舌间。

男人不知什么时候出现，一手提着加湿器，一手端着黄馍馍，站在一边，说，让你发现了。我站起身，说，你到底是谁啊，怎么是这样？男人选择了就近的桌子和椅子，加湿器放在后面的沙发上，装黄馍馍的盘子放在桌子上，说，我就是我啊，这样是哪样？过来坐。男人继续说，拿上吃，尝尝。我拿起一个咬了一口，边细细咀嚼边说，小时候在奶奶家吃过的那种感觉，不，是比这更靠前，可那时我还没来到这个世界上，怎么会有记忆呢。男人说，有记忆的，好多感觉都是在我们来到这个世界之前就有了，且与我们建立了联系。女人从远处走来，手里端着放有茶壶、茶杯的盘子，过来放下，说，我给你泡了茶，你们渴了喝。

男人让女人坐下，指着我，说，这是与我们一样的人，我今天就有预感，会遇到较为中意的人，果然，很不错的。女人给我倒茶，说，喜欢吃就多吃，以后经常过来，我看着你是一个很不错的年轻人。我不好意思，真诚地说，我没你们说得这么好，我们刚认识不久，你们也不知道我的境况，我大学毕业到现在快两年了，一事无成，随时都有可能被社会飞快的发展速度旋转摔掼出去，还有，唉，本不该说这个，我提前声明，我说这个没有别的意思，你懂得，就像今天给你付房租，我只能勉勉强强拿出押一付三的钱，整日的生活也是摇摇晃晃，随时都有崩塌的可能。

男人笑着点头，说，我懂你的意思，这也是我们所具有的高尚品质，你要熬住，挺过现在的艰难，往后慢慢就好了，我知道你说的崩塌，不要担心，要记住，我们是英雄，我们的品性是真诚、善良、正直的，如今我们受到了各种各样的挫折，并且很多时候被生活打磨得抬不起头，但要记住，熬住，不断提升自我，时刻与生活斗争，我现在做的这些就是在斗争。

我看着四面摆放着的家具，说，叔，你说的对，我们遇到了各种困难，就我们的性情，难以适应俗世，我们的本领无处发挥，是要熬住，等待机会逆风翻盘。女人说，也不要急躁，只要坚持，熬着熬着就都有了，你看到你高原叔身上的尖刺了吗？我重新看一遍，说，没有。女人说，再好好看，你高原叔身上长满尖刺，与他同龄的多数人身上的刺已经被生活打磨光滑了，他们经常会不自觉地掉进世俗的甜蜜陷阱，你还年轻，千万小心有人砍伐磨损你的尖刺啊。我端起茶喝了一口，说，今日之话，我定当谨记在心。男人站起身，提起加湿器，说，走吧，我送你过去。我推让不得，只好接受。

车开出小路，来到车水马龙的大路上，我的理想世界烟消云散，不禁惆怅起来，男人通过后视镜不时地看我，我不敢抬头对视，眼睛盯着窗外看。到了小区门口，我要下车，男人说，安心坐着，我开进去。我说，不用的，我提着加湿器走进去就好。男人说，没事，我进去还有其他的事情。

门房保安通过窗玻璃看到男人的车，殷勤地跑出来，说，黄土大哥，你来了。男人说，你表现可不好啊，太过于殷勤了，不要沾染上这些恶习。保安忙解释，说，黄土大哥，这不是殷勤，这是我见到你开心，觉得亲热。男人说，好吧，千万不要迷失，不要患上城市病啊。随即指着我，说，这是咱自己人，以后你要多照应。保安摸着头，说，你好，我叫柳生，你呢？我说，你好，我叫人。男人说，听到没，他叫人，他是咱们的希望，咱们那片土地将来需要他的开掘、深挖、创造，拭目以待吧。我连忙说，不敢不敢，您太抬举我了，叔。

保安说，不要谦虚，我黄土大哥都这样说了，那肯定错不了，以后有什么事都可以找我。我说，感谢，柳生。保安从兜里掏出大门遥控器，按下开门键，大门缓缓打开，说，黄土大哥，你快去忙吧。男人说，记住我说的话，我知道你是为融入他们，更好地为我打探消息，但千万不要迷失，不要患上城市病。保安双脚并立，站端正，敬礼。

到三号楼门前，我下车，提上加湿器，与男人告别。坐电梯上了楼，开门，进去细细检查一遍，这房子贵是贵，但很不错。看了一眼时间，春这会儿应该刚下班，等她回去了我再给她打视频电话说此事。

我坐在飘窗上，看楼下来往的行人和四周围聚的高楼，再次对自己不满起来，虚无像滚雪球一样变大。男人说得对，自己这两年之所以有这么多苦闷，就是身体里遥远的记忆和品格被多方压抑，难以发挥出来，一味沉迷于失败之中，让自己也越来越软弱怯懦，真是不该，要去大胆地闯荡尝试，生活充满困难怎么了？要以自己的方式去搏斗。

约莫着春回到了住处，我打视频电话过去，春很快接起，气喘吁吁地说，我刚进门，挤公交倒地铁还走路，一天累死人，时间全花费在了路上。我说，很快就不用那么累了，我给你想了办法。春边放包边脱鞋，说，你有什么办法？我把摄像头翻转，拍到房子，说，你看看这里怎么样？春疑惑地说，你在哪里啊，这是新房子。我说，就在你上班学校的附近，这里我租下来了，你以后住这里。春坐在床边，说，很贵吧，我们还是不要这么浪费，我辛苦就辛苦，没事。我说，已经租好了，这几天我帮你收拾，咱们零零碎碎地往过搬，对现在的我们而言，住得舒适些，烦躁也会少些。春说，你把小区名给我说下，我过来看看。我脱口而出，说，黄土小区。又突然想到地图上并没有这个名字，赶紧改口说，不，不，云上小区，离你现在的住处有点远，你要过来吗？春想想，说，还是算了，等周末过去看。

天擦黑，我关掉房子的灯，出了门，坐电梯下楼，赶上下班高峰期，好半天等不上电梯，干脆去走楼梯，九楼也不算高，进入楼梯间，想起轻，他说我有轻功，何不现在试试？于是加快下楼梯的步伐，一层又一层，几个折转下来，晕头转向起来，继续走，稀里糊涂来到一楼，那会儿等待的电梯还没有下来，肯定是中间停太多次了。所以，轻说的不对，我哪里会什么轻功。

出小区大门口时，柳生拉开门房玻璃窗，说，回啊。我说，对的，回去。柳生一脸担心地问，我真像黄土大哥说的，染上了城市病？我说，没有吧，你可能是为适应城市的生活在假装。柳生叹气，说，我就担心假装着假装着就忘记了假装，身体会同化精神，毕竟身体在外面。

我说，经常自我思考，让精神流动起来，这样就能保持清醒。柳生脸上露出轻松的表情，说，厉害啊，人，感谢你，怪不得黄土大哥说你是咱们那片土地的深挖和创造者，感谢。我摆摆手说，客气了。

走一段路坐上地铁，到站后换乘公交车，下车后，我扫了一辆自行车，骑着往前走，这已经到了偏远的郊区，路宽车少人少，可以骑着自行车任意撒欢，看着远处已盖好不知多久的高楼，无数个黑洞洞的窗口，像是要和这个世界讨要公道，为何要把它建立起来，破坏自然界。看了一眼时间，将近九点，我不敢再散漫逛下去，脚开始用力蹬。看到车、人和摊贩挂起的灯，黏成一团，我知道自己到家了。

九

已经答应了泉，给他介绍那个女子，就不得不做，可是，现在就做是不是过早了，这几日大地无时无刻不在想此事，犹豫不决，泉尽管没有追问，但这是躲不过去的。既然想不出该不该现在让那个女子参与一化的生活，那就去问问太古。

入夜不久，大地就踏上去往太古住所的路，依然是先大路后小路，通过太古布下的复杂的路阵，越是靠近太古住处，大地心里越是惴惴不安。前面有戴面具的黑衣人出现，好在夜不浓郁，大地看清来人，只见来人对他行礼，说，我师父已等待你多时了，你通过路阵花费太多时间，你心神不安，做什么亏心事了吗？大地想走近一点和来人说话，不承想，眼看要接近了，黑衣人又变化起来，瞬移到远处，大地又向前走近他，他又远离，尝试几次，大地见不行，便停住脚步说，我大地只是个凡人，哪里像你们，我能磕磕绊绊通过你们布置的路阵就很不错了，至于我做没做亏心事，你管不着。黑衣人说，你不是凡人，你是一化的首领，心神安不安，有没有亏心事，我只是随口一说，莫要放在心上，快去吧，我师父等待很久了。

大地还要说什么，黑衣人不见了。来到太古所在的院子，太古戴着他从来没见过的面具，站在院子中央，身着一身与刚才徒弟同样的黑衣，说，你觉得我徒弟说得不对？大地站在一米多远的石磨跟前，不置可否，说，是你让他这么说的？太古转移话题，说，你找我有什么事？大地说，你徒弟说你等我很久了，既然你能知道我要来，那肯定也知道我要说什么事，何必明知故问。太古挪动脚步，说，你说和我知道不一样，你说是你说，我知道是我知道。

洞里有火光，摇曳着，不时有人影闪过，像是在扫地，又像是在来回走动。大地说，最近我在想，要不要把她交给泉，可是，我不知道她的来历。太古问，她是谁？这时他也没什么好隐瞒的，说，她叫景，这是她告诉我的，是一个二十岁左右的女孩子。我有一次去一化之外学习技术和采购东西，回来路上遇到了她，那是一处荒无人烟的地方，我问她为什么在这里，她看着我不说话，我再问，她还是看着我。

我见问不出什么就要离开，她追上来，用手比画，我才知道，原来她是个哑巴。我说，你要去哪里？她看着我，像是听不懂我说的话。如此几次交流，我发现我们压根就无法交流，折转身子快步往回赶。走一阵，我转头回看，看她有没有跟上来，不见有人的踪迹，我松口气，继续走。快到进入一化的隐秘洞口时，她突然出现，双手比画着，我说了很多遍不知道什么意思，而且自己也有事，忙着赶路，不能久留，让她自己往回走，我把水和吃食都给了她，告诉她去镇上最近的路线，就是她走得慢，两天多时间也必能到达。

大地停顿下，偷看太古的状态，太古双手扶着低着的头，身子倚靠在土墙上，不知有没有在听。静默了一会儿，太古抬起头，问，怎么不说了？大地说，她不走，死活跟着，我摆不脱，就蒙上她的眼睛带回来，藏在一处只有我知晓的山洞里。太古说，还记得我那天派徒弟跟踪你吗？我说有不安的气息萦绕于一化上空，你出去学技术和采购东西已经是冒着很大风险了，现在还带回来一个来历不明的女子，并且你还不告诉我，你是想让一化快速毁灭啊？大地从没见过太古发这么大的脾气，言语如针刺，直冲他来，说，我看她可怜，周围又一片荒芜。太古激动地说，万一是外面人派来的卧底呢？你带回来不给我说，你以为我就永远不知道吗？你太狂妄自大了，大地。大地羞愧难当，确实是自己考虑不周全。

太古冷静了一会儿，说，事已至此，我也把我这两三月所做的事情给你说说，那女子，也就是景，从你要带着她进入一化时我就知晓了，在你把她安置在隐秘山洞后，我派我徒弟在夜里悄悄拿回她的包袱，你知道我在里面看到了什么？大地问，什么？太古说，包袱里有与我们这里很不同的衣服和书籍，但我想，相同中有不同，不同中有相同，这是一种难以发觉的融合能力。考虑到她的来历很复杂。我最先试探的就是她是真哑巴还是假哑巴，经过几番试探，我大概率确认她是真哑巴，依凭我现有的医术看，她的哑巴是后天造成的，因为如果是先天原因，她的感知力要比现在弱很多，至于她为什么会变哑巴，我现在想不来。她带来的衣裳书籍，这两样也很难说，你有没有觉得她长得有些不像咱们？

大地听得痴迷又紧张，浑身冷热交织，说，我根本就没多看她，那天带她回来，安置在秘密地方，再没见过，每次送吃食、水这些，也是放在洞口，我站在不远处，看她伸手出来拿进去，我就离开了。

我徒弟给你说过，你再不来找我，我就不管了，因为我无法再管。一化之地会因这女子的到来发生变化。一化的人终究会发现她，我是这样想的，给她一个身份，当作我的关门弟子，景的名字不能再用，我给她起了一个，白，你可以把她许配给泉当妻子，但要时刻留心她的举动，我也会派徒弟观察。再者，隔三岔五我会让徒弟带她过来，教她识汉字，这样虽然危险，但要想弄清楚她的来历，只能如此。大地点点头，说，好，听你的。

临走时，大地想起自己对物和泉的安排，说，太古，你觉得我把首领位置和法宝给物，发明创造和景给泉，不，是白，这样安排怎么样？太古往洞里走，停住脚步，并不回答大地的问题，而是头也不回地说，白不在你安置的秘密地方了，过两天我给你送过去。大地说，等我和泉说好时间，你再送过来。太古回洞里去，留下声音，说，我给你送过来的时间，就是你和泉商量好的时间。大地折转回去，走到洞口处，说，物和泉自小也跟着你识字学习，你觉得他俩哪个更聪明？太古没有回答。

物和喜鹊完婚，大地给他们安排了一处新住处，家里就剩下他、安和泉。泉昨晚吃饭时说，爸，什么时候让我见你说的女子，物已经有自己的小家庭了，开始领悟你给的法宝了，我不甘落后啊。大地放下碗筷，不慌不忙地坐到炕边，说，明日晌午吧，我一直也没问你们，你们和太古学得了什么？泉说，就学些字词句子，也不知道太古哪里来的书籍和从哪里学得这些，我不如大哥学得好、学得多。大地说，那你觉得对你有帮助吗？泉说，帮助肯定有啊，识字和不识字很不一样的，识字对思考问题做事情都有很大的益处。大地说，那你感觉太古教授你们时有没有保留？泉疑虑地说，爸，你的意思是留一手？大地点点头。泉说，我感觉不会，怎么说呢，纵然留一手，那也是我和我哥学习能力有限，怨不得太古老师，是我们自己的问题。

大地想连夜去给太古说明日晌午将女子白正式交给泉的事，转念想，那天太古不是说了，只要他和泉说好，她定能准时把女子送来。既然如此，自己何必去多跑一趟。毕竟太古在一化不知生活了多少年，早已具备这种万事在己心的能力了。上炕躺下，翻来覆去睡不着，一直想太古是如何知晓自己和泉商量好的时间，要想得知这件事，方法不过两种，一种是派出徒弟来偷听，再一种就是念力，难道真是念力？或者更玄乎，太古能感应天地间的一切，再或者是能未卜先知？要真是这样，那他现在想这些，是不是也被太古感应到了？想着想着睡过去，醒来天已大亮。

晌午将至，泉再洗漱一遍，整理好衣裳，站在院子里的大树边，等待父亲大地口中说的一化都没有这么漂亮的女子的到来，大地坐在院墙外的石头上，想着太古到底能不能按时把白送来？太阳高悬于天空，泉有些没耐心，走出来，问，爸，到底什么时候来啊？晌午都快过了。大地说，你太古老师说自己带过来，到现在不来，我也不知道是怎么回事。泉问，这怎么和太古老师联系到一起了？大地说，以后给你解释，现在先静心等待。泉无精打采地站了一会儿，准备回去时，忽然欣喜不已，指着对面的小路，说，看，爸，太古老师和她的几个徒弟带着女子来了。大地顺着泉指的方向看去，太古和徒弟们穿着粗布制作的灰色衣裳，每人脸上戴着面具，女子走在其中，穿着与他们同样的衣裳，被簇拥着朝这边走来。

太古和徒弟们将女子送到院子门口，说，大地，人交给你了，记住我说的，要隔三岔五让女子到我那里学习。大地说，一定，进去坐会儿，一起吃饭。太古说，不必了。大地来不及说什么，他们一行几人就匆匆离开了。

女子梳着一根辫子，皮肤白净，五官很精致，与一化生活的五大三粗的人迥然不同。泉说，爸，我们进去吧。大地说，对对，我们进家里走，别站这里了。泉前面走，大地让女子先走，女子走在中间，进到家里。安去邻居家拿羊肉，进门就看到女子，来不及放下手里的羊肉便惊叹地说，世上还有这么好看的人啊，怪不得说整个一化都没有这么漂亮的，真是好看。泉按捺不住自己的欣喜，又怕表现太明显，起身接过母亲手里的羊肉，去外面切剁羊肉。

一会儿，泉端着羊肉回来。大地说，先不急做饭，等我把该说的事情说了。泉把羊肉放在锅台上，去门口的土台子处站着，安坐在炕边，女子不知所措地站在柜子边。大地对女子说，坐炕上，别站着。女子眼睛睁大，看着大地，不知道他说的意思。大地给安示意，安明白，过去扶着女子让她在炕上坐。大地问泉，怎么样？我说得没错吧？

泉看女子看得出神，没听到问话。

安推搡了一把泉，泉才反应过来，说，怎么了？爸。大地说，我问你我这样安排可以不？泉满意地点着头说，可以，可以，当然可以。大地想问白的意思，奈何白目前难以沟通，只能尝试着用手势比画，好一阵，白微笑着点点头，理解了大地的意思。大地说，那就这样定下来。今天是个重要的日子，泉自此开始就有了自己的家庭，这女子叫白，白自此也就是泉的妻子，你们要好好过生活，我和安会帮扶你们，但主要靠你们自己。泉认真地听着，说，爸，妈，我们会的，请你们放心。女子似懂非懂地点点头。大地说，泉，你不要觉得不公平，你大哥物是继承了首领的位置，也得了法宝，但你要知道，任何事情，得失两端，祸福相依，多想自己如何去做好。

泉说，我知道了，爸，我和我大哥，往后会有竞争，那也是光明正大的竞争，放心吧，我们有各自的路要走，我相信自己的路走得最长久、最顺畅。大地说，那就好，我给你和白也找了一块地方，向阳宽敞风水好。

大地和安为他们操办了婚礼。

几天后，泉和白便搬到新地方去住了。家里就剩下大地和安，每日就是用吃饭、干活来打发时间，大地答应过泉，时不时要教泉一些发明，以此来保证泉和物不会因产生过大的身份、地位差距而心理不平衡。

物的确适合做首领，半年多，就让一化的人认可，他先改善人们的生活条件，从房屋开始，要把原来居住的没有规则形状的土洞子，做统一的规划和改变，由人们互相帮助来完成改造民居工程，一家一家挨着修建。物先打样，找了泥质好的土崖，找人来，花费七八天时间将土崖削平整，然后深挖，这些建造方法和打土洞子没多大区别，唯一区别在于，物要求挖的土洞子又深又高又宽，空间宽敞，一个土洞子足够一家人住。洞口也有了讲究，用石头依边沿垒砌，避免风雨剥蚀，再找来木头做门窗。不到两个月时间，第一个与原先居住了上百年的土洞子大有区别的居所建成，物称其为窑洞。一化的人们都来参观，皆赞不绝口。

泉心里不舒服，担心人心都被物拢走了，拿出父亲大地本要他两年之后才可拿出的发明，与物较量。泉没问父亲，找了合适的时机，拿出了发明——丝绸。人们争先恐后地观赏抚摸这柔软具有光泽的布料，物改善了人们的居住条件，泉要改善人们的穿着质量。人们不住地追问，这种布料怎么制作？泉卖起关子，说，这种料子可不好做，不过，你们可以想象，穿在身上的衣裳和日常生活里用到布料的地方，全换成这种，那是一种什么感觉。人们兴奋地说，那肯定了不得啊，请二首领教授我们制作这种布料。泉说，现在这是我自己实验做的，你们觉得好，我就教给你们，谁让你我都是一化之人呢，不过，这个制作不容易，需要先养蚕，蚕吃的是桑树叶子，桑树我们后山有，我们每年只是吃桑葚，没有顾及叶子的用途。人们说，那简单，今年我们就开始养蚕，然后你带着我们制作这种布料。泉豪爽地说，没问题，有了这些，我们还能制作另一种东西，暂且保密。人们问，二首领，你多久会给我们拿出一个发明？泉说，你们想要多久？人们不好意思地说，我们当然想越快越好啊，原来老首领是一年拿两个发明，说实话，有些慢了。泉思考一下，说，我一年尽可能多拿发明，我不敢说很多，一年五个发明是可以保证的。人们顿时欢呼起来，高声呐喊，二首领好，二首领最好，我们的好首领。

这个消息很快传遍整个一化，大家都说，大地太保守，不如两个儿子大方干脆，原来是他有私心，想一直掌控我们。安从外面回来，边做饭边对大地说这些流言。大地立即到泉家里，泉正在教白做饭，看到他，笑嘻嘻地说，爸，你看，白连饭都不会做。大地沉着脸，想让泉到外面，一想，白也听不懂，又是哑巴，便不避讳白，说，泉，你是不是有些狂妄过头了？泉让白自己先做饭，拍拍手，问，爸，怎么这样说？大地说，还怎么了？你今天都做了些什么事，丝绸这个发明，我让你什么时候才能拿出来？泉不以为然地说，两年后拿出。大地说，那你就是明知故犯，你现在拿出来不该拿出的发明，还给人们保证一年至少拿五个发明，你想死啊，你知道人们背后怎么说我吗？你这是在玩火。泉理直气壮地说，我不拿发明怎么和我哥较量？还有，我哥也拿出发明了，你怎么不说他？还有，当时分配的时候你怎么说的，你说尽可能给我多的发明，可是呢，好像我哥的发明比我的都多。

大地气得直跺脚，说，我还和你妈说你成熟了，说你比物机灵，现在看，狗屁，你哥是首领，拿发明很有必要，要巩固首领的位置啊，再者，你哥拿出的发明不过是窑洞，你呢？你拿出的是丝绸，性质不同，而且你要一年拿出这么多，难道我就傻吗？我不知道多拿发明？你就是个纯粹的傻子，拿出发明这么快，如果其中有人利用这些发明做些文章，我们首领的位置还能保住吗？泉笑着说，爸，你觉得你每年拿两项发明就能一直保住我们的位置吗？一化除了我们，注定会出现不凡之人，就算一年没有，五年没有，十年没有，二十年、五十年还是会有，我们要不断强大自己，要有变化，这样才能保住我们所拥有的一切，懂吗？爸。

大地从未听过这样的言论，一时竟无法反驳，泉继续说，万事万物都在变化，谁也无法阻挡，我们大家都在其中，要想在变化中还能保住我们的一切，那就要跟着变化，而且要变化得更快。大地被说得哑口无言，回去的路上细想这些话，真是没想到，泉竟然有这样的思想认识，原来真是低估自己的二儿子了。

一〇

春夏之际，泉利用人们农忙之余，组织愿意学习如何制作丝绸的人去养蚕和采集桑叶。每日勤加照料这些蚕，等待吐丝。随后，收集蚕茧，经过缫丝等一系列流程，纺织成丝绸料子。

物看有些人不好好种地，沉迷于养蚕制作丝绸，便找来这些人，加以训斥。有人就不服，说，我们觉得养蚕制作丝绸也挺好的，而且好像也没有怎么影响种地。物严厉地说，种地收成的粮食能填饱肚子，丝绸能吗？有人说，丝绸能制作更好的衣服、被褥。物看好说不行，就开始威胁，说，你们将来如果粮食不够吃，到时候不要找我，别说我没有提前给你们说。有人低声嘟囔，我看你就是想独揽大权，嫉妒泉，养蚕制作丝绸又没有影响种地，何必这么不讲理。物听到了，说，是谁在说话，要说就大声说，你们现在真是无法无天，对首领没有一点敬畏之心，别以为有泉给你们撑腰，再怎么样，我才是首领。没有人再说话。

物找到大地，说了此事，想让父亲给他主持公道。大地如果没有听过泉说的那番话，肯定就依从了物的意思，可如今，大地对一化该如何发展，是否因循旧制，是否需要改革，有了新的想法。物见父亲半天吞吞吐吐说不出什么，就焦急地问，爸，你到底是什么意思，难道这是你故意安排的，用此来制衡我和泉？大地白了一眼物，说，你现在也越来越不像话了，怎么和我说话呢？物压制住心中的不快，说，对不起，爸，我不该想这些，我也是着急。大地说，好多事情不是你我所能掌控的，我原先也是你现在这样的想法，觉得我们可以操控一些事情，你大概也发现了，现在的一化和以前大有不同，可能你现在还具体说不出这种不同，但这种不同就是存在。物没想到他会这样说，难以置信地说，爸，难道你真的要看我和泉争斗较量吗？泉拿出的这些发明是不是太早了，这样会威胁到一化的完整。大地说，泉和我说要想让一化长存，就得用变化对变化的方式，天意要向前，你却停滞，那必然要落后，会被抛弃。物抛下一句“泉那是胡说八道”后离开。

后晌，物派人来，给大地带话，既然泉可以这样放肆，那他也不再有所顾忌了。大地让带话的人给物说，我把首领继承权给你，是觉得你能调和矛盾，而不是要这般不顾后果地赌气妄为。物一番吵嚷，但终究没有做出过激的行动，他不理解大地的改变和泉的思想，他只坚信，一化的首领必须遵循祖上传统和规矩，才能治理好一化之地。

泉的丝绸发明大获成功，跟随学习的人们也得到了丝绸制作手艺，不好的是，确实如物所说，粮食收成打了折扣，没有跟着学丝绸发明的人收了十成，学丝绸制作工艺的收成只有五六成，勉强能吃喝到来年粮食成熟。有人提出用丝绸换粮食，被物知道，坚决阻止，说，不能换，一换就会打破粮食种植的大好局面，一化本来就干旱，全凭上天眷顾和我们辛勤浇灌，这些年粮食收成总体不错，但要有长远目光，预防哪年收成不好。你们粮食吃不完像往年一样交给我，我可以给你们布料、扇车、陶瓷罐子等生活用品，换丝绸暂时不许。粮食就是一切，我要紧紧抓住粮食的控制权。人们听物如此坚定，也就不再琢磨换丝绸的事情。

泉的亲随向泉报告了物说的话，泉一夜没睡，在地上走来走去，白睡下又坐起，看着泉，用手不停比画。泉哪里懂，说，你快去睡，我在想事情，我哥说的这些话，怎么听都是在针对我，要和我较量，想用粮食牵制我，没门。白下炕，到放小米的土坯缸子里抓出一把小米，然后哗啦啦放掉，重复三四次，泉似乎有些懂了，说，你意思我也要在种植庄稼上下功夫？白听不懂。泉蹲在地上，用柴棍画出庄稼地，演示翻地、播种、灌溉、收割，再指指自己，说，我们自己的？白点点头。泉对着白竖起大拇指，说，厉害啊，你不仅是一化最漂亮的女人，而且还是脑筋最灵活的。白重新回到炕上坐着。泉想起父亲当时说的话，要让白隔三岔五去和太古学习，自搬到这里住，好像就把这事忘记了，一直也没督促白去。现在看来，这样的安排是有深意的，只要白认识了汉字，他们也可以写字交流。从明天开始，安排白每隔两天去一次太古那里。

没有挑明胜似挑明，既然物阻止交换，那就自己内部进行交换，这个没人管得着。泉把追随自己的人分成两拨，一拨人跟着自己学发明，一拨人全身心地种地，庄稼收割后，打得粮食，没粮食的人用发明换粮食。物不屑一顾，认为就是这样泉也撑不了多久，一拨人收获的粮食两拨人吃，再怎么样都会紧张。当然，物也会不时拿出发明，为与泉对抗，努力提高粮食产量，不久，物发明出犁，这种工具是一头套在牛背上，一头用手扶着，犁地依靠的是镶嵌在犁底的锋利铁片，犁过的土地基本平整，有不平整的地方，人用镢头理一理。这样播种的速度大大提高。因此，物开辟了大量新的土地，命人上了牛羊粪，灌溉技术也有所提升，天一暖和人们就大干起来。

最让泉不能忍耐的是，物招来工匠，开始修建城墙。泉找到物，说，哥，你这是什么意思？物说，没什么意思啊。泉心直口快，说，修建城墙就是要决裂，变成敌人。物说，我可没有这样的意思，是你多心了，泉，我们各自应该有自己的领地，不然你那边人没吃的了，到我这边抢粮食怎么办？泉被激怒，说，你也太看不起我了，哥，我不会让我的人去做这种勾当，你心里在慌什么？爸把首领位置和法宝都传给你了，你应该放心才对啊。物说，是有人逼我这样做的，有人在虎视眈眈，我不这样提防怕哪天醒不过来，怕见不到太阳，我的弟弟，请你见谅，哥是有难处的。泉说，你是决意要修建城池对不？物说，我没办法啊，泉，我这人胆小，害怕。

看着物的城墙一天天变高成形，泉没了主意，他不想这样，较量竞争可以，但没必要到这个地步啊。追随的人来说过很多次，催促泉也要尽早动工，修建城池，不然等物完工后就被动了。泉皆以再想想敷衍过去。可形势逼人，很快就会到无路可退的地步。泉找到大地，问该怎么办？大地说，就不应该让你们分家，我们一块儿的话，就不会出现这种情况，即使你们有这种心思，那也有我在上面压着。泉无奈地说，没有如果，现在硬邦邦的现实摆在眼前，我该怎么办？说话中门外有脚步声朝这边来，大地说，物来了，唉，看来你们的兄弟情义难以再延续了。物推门进来，说，泉也在啊。泉说，没想到你会来，你不忙着加班加点修建城池，怎么会有时间过来？物不动声色地说，修建城池不用我操心，交给手下人负责就好，我是过来请父亲到我那边住的。泉觉得不对，说，什么意思？哥，你这是要把爸拉拢到你那边，获取更大的权力，对不？物说，我没时间和你瞎扯，你爱怎么想就怎么想。

大地知道物的心思，说，我哪里都不会去，就在这里。物说，爸，那你的意思是要站在泉这边了？大地说，物，你现在怎么变成这样了？我哪边也不去，如果我住在这里你们觉得不合适，那我就搬到太古那里住。泉说，我没那意思，爸，你和我哥去住也可以，我没什么。大地说，我哪边也不会去，你妈也是。一直没说话的安央求着说，好我的娃娃哩，你们是手足兄弟，不能这样生分，更不能争斗，我一碗水端平，哪里也不会去，就跟着你爸，你爸去哪里我去哪里。物说，我今天就是来问问，没有其他意思，再没什么事，我先走了。泉看着物离去的背影，说，爸，我该怎么办啊？大地忧愁地说，你自己拿主意吧，我和你妈不管你们，也管不了你们，你们现在翅膀硬了。

泉思虑五六天，拿定主意，害人之心不可有，防人之心不可无，叫来手下，分了工，也开始修建城池。不久的将来，两边会开始更激烈的较量。

白隔三岔五去太古处学习，每次回来都面带笑容，一有闲暇时间就翻看太古给的书，用树枝在地上练习写字。泉看她学得用心，便主动承担家务，不打扰她学习。他永远不会忘记父亲介绍白时的那种不愿意，自那之后，他就一直琢磨，这种不愿意应该有很多不舍得的成分，也能说明白不是普通女子。他几次遇事，和白不通语言的交流都很有用，何况如若通了语言呢？

数月后，又是热夏，两边城池皆修筑完成，谁也没有关闭城门，人们正常生活来往。一天，物那边突然热闹起来，人声鼎沸，物像是在宣布什么。泉隐约感觉到了不对，派人过去查看，不多时，去的人就回来说，二首领，物同时拿出了两个发明。泉皱着眉头，疑问道，两个发明有什么慌乱的，咱也有。来人说，二首领，你知道物拿的发明是什么吗？泉看着来人，猜不出。来人说，光滑的纸张和办学，大首领是想用教育培养更多的得力干将。泉不敢相信听到的话，一屁股坐在凳子上，说，你确定？来人说，这些都是我当场听到看到的，很多人都听到了。泉心下不解，想不到啊，被物抢先一步，到底是怎么回事，不存在泄密一说，他想办教育的想法跟谁都没说过，难道是巧合？物竟然也想到了这一点，他输就输在了不够果断上，泉后悔不及，现在说什么都晚了。

白从太古处回来，赶忙做饭，泉拦住做家务愈发熟练的白，说，我来做，你看书学习。白迟疑地看着泉，停顿片刻，比画着说，还是我来做，你忙你的去。经过两三年的相处，泉逐渐懂得了这些手势，说，我来做，你尽快学会汉字，这样我们就能更好地沟通，我还有许多更难的事情要和你商量。白半知半晓地看着泉，比画着，你怎么了？泉拿起白的书，翻一页，抖动着，边说边比画，说完纸，接着说办学，一会儿坐着，一会儿站着，尽可能做出白和太古学习时的情景。白有些明白了，比画说，这是好事情，谁早发明不重要，重要的是能很好地利用发明，物可以办学，你也可以，教授更多人识字学习是特别好的事情，而且这才是一种值得你们比试的发明，真正的发明是时代发展推动的。泉恍然大悟，拍下脑袋，说，对啊，如何运用好发明，才是取胜的关键。泉钦佩地看向白想，眼前的女子绝对不简单。

经过这个事情，泉暗暗告诉自己，不能再按部就班地前进，要遵循用变化应对变化的规律。养蚕制作丝绸只是改善物质生活的发明，改善精神生活的发明是造纸，可惜没有抓住机会，被物那边抢先了。过了一段时间，泉来找大地，说，爸，我想把瓷器做得表面光滑和形状美观一些。大地看着成家立业后，成熟了不少的二儿子，十分欣慰，说，要想烧制精美的瓷器，你要注意火候和使用的泥土，我一一给你说，你认真听记。泉拿出纸张炭笔一一记下。

物办学很成功，因为他掌握着一化人都没有的文化知识。人们争先恐后地把自己的孩子送去，物为得人心，一律免费教授，甚至还管一顿饭。泉这边就不行，试着教了几天，整个人疲惫不堪，城池里也乱糟糟，只能叫停。物的人回去将此事告知了物，物觉得这是拉拢人心的好机会，悄悄派人到泉的城池内散发可以到他这边读书的宣传言论。就这样，一传十，十传百，百传千，泉这边想让孩子读书的人，纷纷把孩子送去物那边，物安排专人接待，全部安置下。

泉为此整夜难眠，不知如何是好。

一一

春很满意房子，半个月后顺利搬进去。安顿好一件事情，另一件事情就得快速提上日程——工作。我下定决心，这次不管怎么样，都要去试试。于是，挑选需要文案文员的公司，投了简历，有几家很快回复，相约了面试时间。我选定四家公司面试，正好一天两家。第一天面试下来，身心俱疲，没想到现在就业环境这么不好，工资低得可怜。两家都是那种只有七八个人的小公司，看过我的简历后，一脸勉强，都说，要是想来，试用三个月，每月基本工资两千八百元，绩效保底五百，总共每月就是三千三百元。我愤懑至极，婉言谢绝后出来看着周围满世界的灯红酒绿，人头攒动，不明白自己为什么找不到一份相对而言较为满意的工作，还不能抱怨，一旦抱怨会被别人看笑话不算，还会被贴上矫情的标签。路过面馆，想着要不要进去吃点东西，心中有声音嘶喊，一天什么都做不成，有什么脸面吃饭。自己与自己赌气，坐公交车回去。

第二天去另外两家公司面试，情况比第一天更糟，最后那家公司直言，我们不要你这样的人才，你不适合我们的工作，你们搞写作的人思想行为太放纵任性，请你另谋高就。我想为自己或为写作争辩几句，话语像是一团推不开的泥浆，刚喷出地面就软了下去，流泻一地，只好悻悻离开。从楼里出来，太阳还盛，我站在门口旁边的巨大玻璃门前，不想回去又不知道去哪里。回去了无非就是躺在沙发上胡乱翻看手机浪费时间，挨到天黑肚子空下，再像动物一样毫无感情地塞进去一些食物，再挨会儿到深夜，颓靡地睡去。坚决不能回去，没有既定的地方可去就漫无目的地闲走，走到哪里算哪里。走累了就找地方歇息，歇息好了再走。

这般走走停停到天黑，夜色弥漫开，城市似乎多了几分意思，这也是我自欺欺人的感觉。走到一个小广场，这里的灯光昏昏暗暗，我穿过广场边的树林里隐藏的小径，转悠到一片空地上，空地没有经过人为修整，到处生长着不知名的小草，我想坐下歇息一会儿，一阵悠扬的笛声传来，如迷雾一样在空气中缓慢铺展开，很快就淹没了我。

站起身，循着笛声走去，穿过一片竹林，看到十几个老人站立着，双手合十地举过头顶，指尖对着天空，边上站着两个和我年纪一般大的人，吹着笛子。我没敢上前打扰，找不会妨碍到他们的地方站住，看着他们随着笛子演奏出的曲子的节奏变换动作。看着看着，发现没有这么简单，这些动作显现超出了东方美学意境的舒展，不光是笛子演奏出的曲子的节奏舒缓，还有夜色浓淡和天上星光明暗的和谐搭配，还有竹林对城市浑浊沉闷之风的涤荡，还有我的呼吸心跳……

他们肢体展示出的姿势既有书法的意趣骨韵，又有篆刻独有的刚硬，很有意思，我沮丧的心情有所好转，那种玄妙的感觉出现，好似精神被再次激活，不禁暗自庆幸，好在有这种感觉在，不然真不知道怎么在一天天的颓败挫折里活下去。正寻思着，有人出现在我面前，我抬头正撞见他的脸，吓一跳，那人画着戏剧里的大花脸，我想要站起来，却被两只宽大的手掌按住，问，你是何人？我说，说了你也不知道，路过此处，看到他们在这里锻炼身体，就坐下看会儿。花脸男人用戏腔唱道，老实讲来，是谁派你来的，让我听听，听……听。我等待拉长的戏音消散，说，我就是路过，是陌生人，哪里有谁派我来，非要说谁派来的，那就是我自己派自己来的。花脸男人指着我，继续唱道，说出你的名字，我肯定知道，别耍花样，不然，有你苦头吃哦。

奇怪的是，我们这般说话，花脸男人还是戏音，边上吹笛子和锻炼的人们丝毫没受影响。我说，我叫人，你能知道吗？你扮演的是花脸，衣裳破破烂烂，被追打的吧。花脸男人说，我知道你，被追打是从哪里看出？我干脆利落地说，花脸是奸臣，是坏人，就要被人追打，难道你连这个都不知道？花脸男人摇头说，不可教也，你只看到了脸谱的固定功能。花脸就是奸臣，红脸就是忠臣，那么简单辨忠奸的话，那我画个红脸就好了。

不远处那几个随笛声运动的男人中的一个向这边走来，到跟前拉住花脸男人的胳膊，问，怎么样？有进展吗？花脸男人说，没几个人相信我们说的，都说我们是胡言乱语。男人说，别泄气，凡事讲究机缘。我想借着这个时机离开，说，没什么事我就先走了。他们谁也没搭理我，我准备起身离开，可身体里像躲藏了山的灵魂，沉重得站不起来。

男人看我面露挣扎，说，别费力气，这个靠使死力气是不行的，等我和我朋友说完话，很快。我尝试多次，身体越来越沉重，只能乖乖坐着。花脸男人说，我回来得急，没时间重新画脸。男人说，我看的是心，你的心我知晓，再说，不来回画也好，免得露出破绽。

我既然走不了，那就加入他们的聊天，说，你们在做什么？不就是一群上了年纪闲着无事的人锻炼身体吗？花脸男人没用戏腔，而是正常语调说，你能知道什么，别在这里用你的那些浅薄的认知来糟践我们。我说，跳个广场舞有什么了不起。花脸男人气得要扑过来，被男人拦住，说，不要忘记正事，你不能出来时间太长，赶紧回去。花脸男人恶狠狠地瞪了我几眼，进入竹林。男人笑着说，别介意，他就是这个脾气。我说，没事，我说广场舞是故意气他，我知道这不是广场舞，你们的肢体动作里有着深意呢，应该是在考验我。男人说，果然不出所料，我们有着看不见的联系，也正因为这种联系，你才能来到这里，你觉得我们肢体动作里有什么样的深意？

我觉察到身体里的沉重在消融，说，你们那个双手合十伸过头顶的姿势，这是在连通天地，你们的身体不再是简单的肉体，你们是某种艺术概念，不是现有存在的那些艺术，你们在寻找一种独属于你们的艺术。我有过这种瞬间，那次夜里睡梦中听到看到的那些奇怪的人和事，后来琢磨可以用身体某个姿势作为连接，重新遇到它们，而且真的获得了一些模糊又清晰的东西，驱动了我现在的写作。男人思索着，说，不错，这里面有念力和冥想，我们是我们，也不是我们，我们用符合自然节奏的姿势来澄观，来净化天地和我们自己，去探寻原始的纯粹的心灵。我想起轻，说，你们认识轻吗？他年纪不大，但与你们做着类似的事情。

男人转移开话题，说，我得回去了，你要不要一起？我说，回去？一起感受身体消失？男人站起身，说，你这时身体轻重刚好，不一起来可惜了。我慢慢站起，身体里的沉重不在，但也没有多轻，跟着男人来到队伍里，刚好他们又做着双手合十伸向天空的动作，我模仿着做。双手合十，胳膊像是刚长出来的，冲破空气的阻力，一点点一点点往上伸展出去，完全伸到身边极限的那刻，天上有冰凉的什么东西掉落手指尖，我想去看，冰凉感不见了。男人看了一眼我，低声说，聚精会神，心外无物。我闭上眼睛，去找回不见的冰凉感，好一会儿过去，没有找到。男人说，别找了，重新开始吧。我像刚才一样，胳膊如庄稼生长一样伸出去，伸过头顶，直至伸展不开，天上再次掉下冰凉的什么东西，落在指尖上，这种冰凉感似乎成了精灵，开始吃我的指头，挨着往下吃，逐渐我似乎没有了身体。再想大地天空，没有了大地天空，什么都没有了，又什么都有，精神意识悬浮于空中。我害怕起来，想身体回来，忽地睁开眼睛，看到了完整的自己。

他们还在继续，我悄然离开，走出小树林，来到马路上。虚虚晃晃地往前走，来到公交车站，等那辆直达住处的公交车，飘飘然然站着，在我前面站着一个女孩，穿着时尚，手里夹着烟，不时放嘴里抽一口，我清楚地看到她红色的指甲，纤细的手指，白皙的脖子和脸颊，女孩身材高挑，洋溢着青春不羁的气息。公交车进站后开门的扑哧声，打断了我的遐想，我刷卡上了公交车，车上人不算多，有空座，也有站着的人，个个蔫头耷脑，像是战败归来的战士，路两边昏黄与雪白交织的灯光忽明忽暗地照进来，我坐在靠窗的位置，头倚靠在车窗玻璃上，坠入迷雾笼罩的深渊。

我回到房间，坐着喝了一口水，看着满房间的书，登时泪流满面，号啕大哭起来，没地方可诉说的委屈、挫败、无奈、怯懦交杂在心中……深夜，我如死人一样躺在沙发上，白剌剌的灯光照着我，心有不甘又无力去卧薪尝胆，卧生活的薪，尝困难的胆。桌子上的手机响几声，有消息进来，我强撑起身子，伸手拿过来看，是深发来的消息，没睡吧？人。我回复，还没有，你在做什么？深发来，我练字，你呢？我回复，没做什么，发呆。深发来消息，明日周五，我这边下班早，你要不过来转转。我思考了一下，回复，也好，你近来工作怎么样？深发来消息，凑合吧，勉强维持生计，可能明年也可能后年，会离开这里。我回复，哦，那我明天下午过来，晚上我们一起去镇上吃面，然后去村子附近走走。深发来消息，你过来了咱再说。

这几年要感谢深给予我的关怀。我苦闷至极时，深就会出现。我知道，他有比我有过之而无不及的苦闷，所以我现在去了也会照顾他的情绪，他从来不说自己及家里的事情，我却说个不停，着实不该。作为好友，我索取太多，现在想来，心生了大愧疚。临近天明我才睡着，不到七点就醒来，坐在沙发上看着冷清空气里的一切，与昨晚，与前天，与上半年没有任何区别，日子变成了望不到头的黑暗隧道，我是无法发出光亮的萤火虫，四处乱撞。想坐在电脑前写会儿没有写完的小说，昨晚穿过竹林见到那些人给的启悟，正让我有记录的欲望，可也只是欲望而没有行动，想了又想，想累了顺势躺在沙发上，迷迷糊糊中睡过去，做了许多支离破碎的梦，每个梦都像镜子碎片一样锋利，想醒又醒不来，挣扎在梦的沼泽地里。好不容易醒来，窗外太阳早已高悬，看一眼时间，十二点零八分，坐起身去洗漱，不想吃饭，整理好东西出了门。到深住处，坐车需三个多小时，我就散散漫漫地往过走，晒晒太阳，呼吸呼吸新鲜空气。

我没下公交车就看到深在路边站着，边上放着电动车，公交车停住，我下来，深亲热地说，走，先回我住处把背包放下。我说，书包里给你背了几本书。深骑上电动车，说，上车吧，我房子里多的是书，我还想给你一些。我挤在狭小的后座上，深骑着电动车，我们自觉像是两个在农村道路上搞怪的人，但村里零散留守的老人看到我们，脸上连一丝好奇也没有。到了深的住处，我放下背包，掏出书给深，深接下，说，感谢，人。我问，你为什么说要离开这里？工作不顺？深整理着桌子上的书，说，我那工作算不得什么工作，也就没有顺不顺，忘记给你说了，等会儿二青过来，也叫了白石，他没给我回消息，不知来不来。我说，等等看，要是白石能来，我们几个人算是聚齐了。

深烧的水开了，倒在放了茶叶的杯子里，端来，说，先喝口茶，等会儿二青。我接过茶，说，不急，深，你还记得我上次来你这里，我们去山上，我说听到的、感知到的那个存在吗？深整理着昨夜练字用过的纸张，说，记得，你后来又听到感知到过？我喝口茶，说，一直有，不过它是时刻变化的，像是和我在捉迷藏，而且我的现实生活里也出现了各种各样奇奇怪怪的人和事，帮助我跟上这个一直变化着的存在，我也顺其自然地开始写了一个小说，这个小说的内容便是我的这种感知。

深停住手中的活，说，这事有意思，你感知到的这个存在一直在变化，让你无法捕捉，我们的生活每天看似没变化，实则无时无刻不在变化。那么，都在变化就说明都在流动，在流动里拼搏获取是最有意思的，你这个小说用心且自然地把你对变化的感知写出来，也肯定不赖。我说，你说的这些话，我似乎在小说里也写过类似的情景，经过你这样一说，更有意思了，现实和虚构都被打破了。深说，为了便于探讨这个存在，我们给它起个名字吧。我说，你来起，不知道为什么，我觉得你起最适合。深坐下，说，好，那就我来取，就叫空吧，空里有也无，空里无也有，有有无无，无无有有，不就是它吗？我说，好，这个好。

二青临近天黑过来，骑着新买的摩托车。深给白石打电话，白石说，在路上了，不好意思啊，兄弟们再等等。我们坐着边喝茶闲聊边等待。白石八点多到，放下包，我们出门，晃晃悠悠地向着镇上走去。本来说吃面，深说，人多，我们吃菜。我说，行，今天我请客。深看了一眼我，说，别说那些，到我这里就我来请。白石说，我来，每次都是你们掏钱。二青说，娘儿们唧唧，烦人，先吃吧。我们选定了一家炒菜馆进去，坐进包间等待上菜期间，白石从衣裳口袋里掏出两瓶七两半（西凤酒），咣当咣当地放在桌子上，说，吃饭哪里能少我们的“白兰地”。深也像变魔术一样从桌子下拿出两瓶，放在桌子上，说，刚刚好，四瓶，咱一人一瓶“白兰地”。二青说，我包里也有两瓶，刚出来时忘记拿了。我说，我也应该带两瓶。深说，可以了，把这些喝完就不错了。

菜一一上来，摆放在桌子上，我们先共同举杯喝了一个，庆祝大家相聚。接下来就是你一杯我一杯自由畅饮，几杯下肚，白石说，酒是好东西啊，能让人快乐无限。二青就着菜喝了一口酒，说，你最近酒量见长了。白石吃着菜说，不吹牛，三五个你这样的加起来也喝不过我。我说，还是悠着点，白石，你比我们年龄都大些，人一过三十岁就要注意身体了，喝酒适量就好。白石说，人，你这就没经验了，正是因为三十岁出头，我才要喝，像我这样，不喝等什么。我说，少喝吧，身体要紧，今日本不该说这样的话。白石端起酒杯，看着我，说，你话多就和你碰，来，喝一个。我只好端起酒杯，碰一下，各自一饮而尽。白石又倒满杯，说，喝就要喝双，不能喝单。我说，歇缓下，今晚时间长着呢，酒也多，慢慢喝。一直没说话的深，说，白石，等会儿喝，咱们自己人之间不用这样，我那次给你说的话你还记得不？

白石放下酒杯，羞愧地说，记得啊，你说的我肯定记得。深说，喝酒不要那么拼，你们单位那些人，真不算人，我那天就太气愤了，要不是你烂醉如泥没人扶持，我早上去动手了。二青用手搓揉几下脸，说，没必要，深。

白石吃菜缓解尴尬，说，我现在也基本不和他们喝酒，除非聚餐他们叫我。深死盯着白石，说，聚餐他们叫你，你都尽可能不要去，就是这些场合才容易发生那样的事情，那些人真他妈的不是人。能让深这般气愤，说明事情真得很恶劣。我说，是不是胡乱劝酒了？深说，人家一群人故意往醉里灌白石，然后看白石出洋相，你问白石这样的事情已经发生几次了？让白石自己说，几次了？白石最敬重深，老实地说，三四次了吧。

深说，能把人气死，第一次是老板要关门，白石醉得在包间走不动，老板没办法，让白石解开手机锁，翻找到我的电话，打过来，我当时听到惊诧不已，说，其他人呢？老板说，其他人都走了。我说，一起出来喝酒，有人喝醉撂下就不管了？老板说，你快过来接，我得关门了。后面每次老板都给我打电话，我也给老板叮嘱了，一旦喝大了就叫我。有一次我把白石扶上，从饭馆出来，十一点多十二点的样子，走到半路上，与白石一起喝酒的人开车过来，专门降下车窗，嘲讽地笑着说，这就不行了，白石，回去把酒量好好练练。我当时就想骂那些人，忍住了。

不说了，深，不说了，咱兄弟俩喝一个。白石端酒给深。深接过酒，说，以后再让我遇上这样的情况，去他妈的，不干一架就不是人。说罢，头一仰，喝尽。白石也喝尽，说，没必要，你兄弟我来这世上三十多年了，就是这么个死样子，个头矮不算还瘦，脸面尖嘴猴腮，我又爱看书，一说话就被讽刺是文化人，老文化人，爱书爱得女人都不要，我就是他们整日里的乐子，兄弟们，你们不要像我，活成我这样也是没谁了，喝起来，兄弟们。

二青见气氛不对，岔开话题，我给咱说件好事，出来时看到门口停放的摩托车没，酷不酷，那是我的摩托车。我的兄弟们，我后天就骑着它去送外卖，跑遍城市的每个角落，去他娘的，怎么挣不到钱，我们靠勤劳的双手。我说，好事，感谢兄弟们，我过两天也去找个体力活，做起来，学历，真可笑，就我们这种本科学历，似乎也只能做这个。二青说，劳动光荣，光荣劳动，干。

你一杯我一杯，吃喝了两个多小时，看时间不早了，深让老板拿几个塑料盒打包剩下的菜，又另外做了两个凉菜，回去继续喝。从小镇街道出来，走上回村的路，二青说，都是废物，没用的废物，快三十岁了，一事无成，真是我们不够努力吗？白石有些醉了，深一脚浅一脚，说，要比窝囊是不？二青，你们几个谁能比得过我？深提着打包的剩菜和凉菜，说，一帮废物，还在这里比高下，全部都是废物。在少有的几辆车经过时，车灯闪烁的瞬间，我看到了深眼睛里沉浸的泪水，跟着说，都是废物，一无是处的废物。

白石指着远处，说，记得不？那里有块坟地。二青说，肯定记得，我们去过。白石嘶喊着说，废物是废物，但废物有胆量，我们去那里喝酒吃菜，怎么样？深说，别招惹入土的人，还是回吧。我说，现在的酒也不够，回去喝那两瓶。二青跟着说，大半夜在村里喊叫确实不合适，下次酒带够去河滩。白石仿佛忘记了自己刚才的提议，一言不发地往前走。为不打扰房东老两口，深小心地开了大门，我和二青、白石轻手轻脚进去，一起上楼，进到房子。深关好大门上来。

带回来的菜摆放在不大的桌子上，四人围坐，深拧开那两瓶“白兰地”，说，喝吧，想怎么喝就怎么喝，不要规则，不要章法。说罢，独自咕嘟咕嘟干掉一杯。二青同样无言喝尽。我喝不动，喝了一半。白石低着头，摇晃着身体，说，真他妈的废物。深，你说的对，我就是死性不改，被各种欺负、侮辱，也没有勇气离开现在的单位。深大笑，话锋一转，说，你是一废物，我是二废物，都是废物。二青抬手对着自己脸颊就是一耳光，说，谁最废物，我最废物。白石抬起头，醉意迷离，笑着，朝自己脸颊扇两记耳光。深扇三个，二青扇四个，白石扇五个，深扇六个，二青扇七个，越来越用力。我坐在边上，看着，无动于衷地看着，眼泪无声地肆意横流，随即端起酒杯，喝尽剩下的半杯酒，觉得不过瘾，再倒一杯，一仰头喝尽，加入他们的扇耳光中，边扇边自言自语，废物，都是废物，大废物……

一二

几个春秋过去，喜鹊诞下一子。物给孩子起名为朴散，喜鹊问为何起这样的名字，除了太古和父亲大地，我们多少代都是一个字，怎么到他这里就两个字了？物说，几个字不是关键，重要的是变化，不能总是一模一样，我最近也有所领悟了，不要小瞧泉，泉绝没有我们看到的那么简单，我现在领悟到的道理，泉应该在早几年就领悟到了。

孩子在炕上玩耍，喜鹊做着饭，说，你说这些都是什么和什么，我听不太懂。物看了一眼炕上的孩子，再看看做饭的喜鹊，说，你啊，也就是做做饭、拾掇拾掇家、照顾照顾孩子，其他的什么也不懂。喜鹊放下手中的活，生气地说，好啊，物，当初是谁求着我的，现在孩子给你生下了就说这种话，你还真不如泉，泉娶了哑巴白，人家什么都没说，安安稳稳、踏踏实实过日子。不说这个还好，一说这个物就忍不住，说，我没你说的这些意思，你怎么一想就想到这些，泉不闹腾是白给泉带来了好处，不夸张地说，白相当于泉的半个军师，这女人厉害，没人知道她的来历，我试探着委婉地向父亲问过关于这女人的几个问题，父亲死活不说；我也侧面打听过，没有得到任何可用的消息，她和太古一样神秘。

玩耍的朴散听到爸爸说白，接住话说，我二妈虽然不会说话，但写字写得可好了，连太古老师都称赞，说真是太厉害了。物好奇怎么个厉害法，想孩子继续说下去，没想到被喜鹊打断了，喜鹊戏逗地对朴散说，光说你二妈了，她是大人，你不和她比，你要和欢喜和其灵比，你们是同龄人，将来也是你们比拼了。物厌烦地说，孩子们好好的，你说这些做什么，什么比拼，朴散，爸告诉你，你一直要记住，你们三个不管到什么时候，都要好好相处，别听你妈说的。喜鹊白了一眼物，没再说话。

物出门去，喜鹊说，马上吃晚饭了，你要到哪里去？物边往出走边说，你给我留着，放在灶边，我回来吃。喜鹊嘟囔着，自己不舒服，在我这里撒气做什么。物顺着大路漫无目的地走，从父亲给自己首领位置和法宝那天算起，到如今已经八九年过去了，他一直在兢兢业业地做首领，琢磨领会法宝的秘密，这首领当得凑合，这法宝的秘密也领悟不到。思来想去，唯一的解释就是自己太愚笨，真是无用。不知不觉中物走到山上，满心苦楚没地释放，去山上正好发泄一番。山在黑黢黢的夜里没了轮廓，物走在其中像是走在虚无里，又像是走在漫无边际的大草原上，走着走着，脚下一空，一屁股坐在地上。索性坐着就坐着吧。

传说法宝很厉害，父亲大地，以及爷爷、太爷爷，一直往上推，他们能中间没有间断地代代继承，就是法宝在起作用，可是到他这里为什么就用不了法宝呢？或许是法宝还没有到发挥作用的时候？物想不通。那天泉和母亲出去，他等待父亲拿出法宝，父亲看着他，他看着父亲，他从父亲眼里看到，父亲是想让他说些什么，他又不知该说什么，满是疑惑不解。数十秒过去，父亲终于开口，你没有什么想说的吗？物。他思索下，说，好像没有，爸。父亲不甘心，再问，说，真就没有什么想说的？想想，顺从心意，此刻想到什么就说什么。他说，没有，爸，就是什么都没有。父亲叹口气，说，没有就没有吧，说不准没有才是正解。他问，什么？父亲说，没什么，现在我把法宝传给你，你要认真接受。他耸耸肩膀，端正身子，脸上表情严肃庄重。

父亲没有拿出任何实物，只是用手拍拍他的肩膀，说，放轻松，这个法宝厉害，需要我们很多代人来领悟，我把当初你爷爷给我说的话，现在原封不动地说给你，我们能在一化生活这么久，精神魂魄就是此法宝的存在，我们的法宝独特别致，不像世间的那些法宝，一本书或一件玉器或金器，我们的法宝是几句话，你用心听，物。法宝就是“我们时时刻刻都要去思想领悟，只要我们的思想不断进步，世间就没有我们不能解决的困境。”这一席话，物听得云里雾里，他和泉争吵了那么久的，泉一心想要的法宝，竟然只是一句话？物不可思议地睁大眼睛说，就这？父亲说，就这，你去好好领悟，我已活了大半辈子，也没有完全熟练地运用这句话，这个重任交给你了。他嗯嗯地点点头，从屋门里出去，看到母亲和泉，一时难遮掩心中的失落，脸色难看地出了院门。

一化的亮光在逐渐消失，不知过了多久，漆黑占据了所有，他却老觉得还有光亮存在，一化里隐藏有渺小又巨大的光亮，有人在微小的光亮里肯定预谋着什么，会是什么呢？他想不出。物突然想到兄弟泉，和泉的较量一直在进行，娶了白等于给泉如虎添翼。就连自己的孩子朴散都说白很厉害。物想，白的来历无人知晓，她就像是一个宝藏，被大地赠予了泉，又被泉开启。哦，这么看来法宝也类似啊，难道白就是法宝的一部分？可白是泉的妻子啊。怎么又胡思乱想到这里，他要紧的是领悟法宝，不然会辜负了父亲大地的重托。

物就这样一直坐到了半夜，坐累了，起身活动腿脚胳膊，仰头看到星空，迷雾重重的心门登时打开，就那么一瞬间，他悟到了一个道理，想这么多做什么，放手去做自己想做的事情，时间是流淌的，不会停滞于某处，有没有法宝，法宝的那句话是什么意思不重要，重要的是如何使思想进步，用什么方法使一化人民生活得更好，巩固自己的地位，比如近来要拿出怎样的发明创造，比如办学如何改进。想通了的物，忘记了黑夜，一路轻快小跑，回到家里。朴散已经睡着，喜鹊坐在炕上点着油灯纳鞋底，问，去哪里了？这么久。他不回答，只觉得肚子有些饿，端起灶边留的饭大口吞起来。

吃罢饭，他上了炕躺下，看着窑顶，说，喜鹊，你觉得人这一辈子什么最重要？喜鹊纳着鞋底，说，孩子和吃饱穿暖最重要。他说，吃饱穿暖好理解，孩子怎么理解？喜鹊说，孩子的成长啊，孩子将来要成为什么样的人，朴散将来要像你一样？他双手垫在头下，平躺着，说，不要，朴散不要成为我这样的人，我还有很多缺点，朴散要成为比我更完整的人。喜鹊说，那肯定啊，一代人比一代人好。他忧愁地说，想法是好的，现实就不同了，我可能就不如我爸。喜鹊活动了一下脖子，说，这个要看怎么比，你肯定在某些方面比你爸好些。他说，朴散将来肯定比我好。

喜鹊纳鞋底不知纳到什么时候，他醒来，油灯熄灭，轻声爬起看窗户，外面已有薄薄麻麻的明亮，重新躺下，旁边的朴散睡得正香，算来今年已六岁多了，他可以正儿八经地开始给儿子教授自己的一些人生经验了。再次想到对法宝的领悟，自己之所以现在不能很好地领悟那句话，可能就是小时候没有好好学习的缘故。现在一化没什么问题，人们的生活基本富足，泉那边的发明创造在继续，他这边也在继续，说是在较量，其实也不是了，自从有了孩子，他们不再针锋相对，都把希望放在了孩子身上。想着想着又睡过去，再醒来天已大亮。

晌午，他来到学校，召集所有学生到最大的房子里，等学生们坐定后，他在黑板上写下“美”这个字，有学生当即读出，其他学生也读出，大家开始三五成群地议论。他笑着说，大家先安静，我们对这个字都不陌生，但要真正地去理解不容易，现在发挥你们的想象，来说说你们对这个字的理解，大家畅所欲言。

学生们年岁不等，最大的十六岁，最小的四岁，但他们读书上学的起始一样，年龄大的心智较为成熟，接受知识相对来说较快，年龄小的心智处于萌芽阶段，接受知识肯定就慢，但对知识的理解还得看天赋。

十四岁的灶火先举手，物说，好的，灶火先说。灶火站起来认真地说，老师要是问我什么是美，我可以说很多，比如花朵啊，小羊啊，小兔子啊；老师要是问我美是什么，这个就难了，就我目前的理解，我觉得美是能让人身心愉悦，能激活身体里可追索和不可追索的记忆的神奇之物。

灶火的回答，他很满意，不禁鼓掌称赞，不错不错，超出了老师的预期，灶火是有天赋的。灶火谦虚地微笑。

关于灶火的名字，他有一次和灶火聊过，说，为什么要叫这样的名字？太日常了。灶火笑着说，老师，不好吗？他一时不知如何回答，难为地说，也不是不好，就是想知道为什么？灶火坦然地说，因为是我爸妈给起的，其实我觉得还好，遵循一化的传统。他不好再说什么。一化人给孩子起名字多为这些日常生活里用的物件、话语，以及花草、庄稼名称等，在这方面，他不能改变也无法改变。

六岁的小米举手，他说，小米说说。小米站起来，用稚嫩的声音说，老师，美是眼睛，我眼睛能看到很多美，灶火说的花朵、小羊、小兔子、小牛、柳树、小草等，我都觉得美，但这些都是我看到的，所以我觉得是眼睛。他示意小米坐下，说，又是一个方向啊，小米说得很好，还有谁？

九岁的罐子举手，说，我理解的可能和他们不太一样，我觉得美是天空的鸟儿和自由蹦跳的兔子、撒野的驴子，这些是有生命的动物，放到无生命的物中，就是我们这里春天经常刮起的漫天黄尘、风、雨、雪、阳光这些。他说，又是一个方向，看来我们这几年的学习效果不错，罐子也不错。还有谁？无人再举手，他继续鼓励，说，不要被前面几个同学的观点吓住，说什么都可以，就说自己的感受，这没有对错高下之分。

好一阵儿过去，还是无人举手，坐在墙角的朴散只好举起手。他说，好的，朴散来说说。朴散纠结，本不想说，因为自己是老师的孩子，说的好是理所当然，说得不好又会被嘲笑。他不情不愿地站起来，说，我说美又不说美，因为就美说美，说着说着就不知道说什么了，要想把美说得透彻，我们就要延伸出去，看到美表面之下隐藏的情绪、思考和生命力，那些说不清道不明的美，才最有意思。

物能看得出，太古心系一化，敢这么早就把这么深奥原始的知识毫无保留地教授给朴散，不像他，有计划、有保留地慢慢教授，就像现在。他心知自己是有私心的，担心学生超过自己，威胁到自己首领的地位，反过来说，他自知知识太有限，自己进步很慢。

关于“美”的讨论暂告一段落，物看无人再举手，说，那就到这里，一会儿大家先回去吃饭，吃过饭后我们在城墙根集合，趁着春光明媚，我们一同去品尝春天的滋味。学生们皆露出期待的笑容，站起身，出了房子，各自回家去了。

一三

看到物那边办学越来越深得民心，泉煎熬得厉害，但又没有办法，只能拿发明创造来维系。原先觉得发明出东西是人们最看重的，办学没那么重要，随着自己有了孩子，泉愈加发觉，不是这样，发明物品只能维系一时，而且要不断地出现新物品，一旦拿不出或晚一些拿出新物品，人们就会不同程度的躁动。离上次发明新东西已经两个多月过去了，手里的发明之物根本就不够，有时还临时抱佛脚地去向父亲求救，要想办法解决此困境。

泉心里着急，可一段时间过去，仍没有想出解决困境的办法。泉坐在院子里盘算，接下来的发明真是不多，好多小发明拿出来已经引不起人们的惊叹，满足不了人们的需求，拿了和没拿差不多。要拿出能满足人们需求的，又有些担心不是时候，尽管他给父亲说过一切变化要顺势而为的话，但他也害怕发明拿出顺序一旦出错，会惹下大乱子。

两个孩子从窑里跑出，在院子里玩耍，经过他时，欢喜作为哥哥懂事一些，似乎看出了他的忧愁，问，爸，怎么了？妹妹其灵从泉身前跑过去又退回来，到他面前眼巴巴地看着他。泉笑着说，没什么啊，你们玩你们的。欢喜坚定地说，爸，你肯定有事，太古老师说过一个成语，相由心生，你现在脸上写满了为难。泉惊诧欢喜说出这样的话，说，太古老师可真是好老师，你们要跟着她好好学习。其灵觉得有些落寞，说，我爷爷常说你厉害，你有什么好为难的？爸。泉抚摸着其灵的头，说，对啊，我家其灵说的对，我有什么好为难的，别听你哥胡说。

欢喜吧唧下嘴巴，拉着其灵去旁边玩。看着两个孩子，想着他们刚才说的话，面临的困境也有了答案，就像其灵说的，有什么为难的，你这么厉害，对啊，人们要发明，他往出拿不就行了？担心违背一化固有的规律会有危险，可眼下自己处境艰难，藏着掖着不往出拿发明，不也是在制造危险吗？于是，泉叫来经常跟随的人，让他们通知大家，后天晌午在城墙东南角的空地上集合，在那里给大家教授新的发明。

跟随的人听后，欣喜地离开，去通知大家。

夜里睡不着，泉还在纠结拿哪个发明之物好，若是和物较量，那就拿第三个，若是不较量那就拿第一个。白伸手过来，捏住泉的胳膊，手指有节奏地动弹着，传达出的意思是，不要犯难了，依着本心来，我知道你打心底不愿意较量，你不是争强好胜的人。我现在认识的汉字越来越多，和太古师父的交流容易不少，太古师父把我当作关门弟子，起初太古师父对我有戒备，因为我来历不明，时刻对我有提防，害怕我将外来文化带入一化，对我教授的汉字也有数量限制，担心我学得太快会扰乱一化已形成多年的秩序。

泉用手抓住白动弹着的手指，比画着说，扰乱一化已形成多年的秩序是什么意思？白比画着，我虽然是哑巴，也不懂这里的语言，但从一开始来到这里，我就觉得这里奇怪，有些猜想，这几年下来，加之和太古师父学习，不少猜想得到确证，关于一化的未来。太古师父也觉察到这些，我和太古师父似乎有心灵的交流，我们达成了一种共识，不能人为干预这里现有的秩序。

泉再次制止白，比画着说，你的猜想？意思是你和太古皆看到了一化的未来？给我说说，一化的未来是什么样？

白思索好一会儿，开始比画，现在这种慢速度的发展是不能让一化长久的，就算一化之内的人没有反抗，一化之外的文明迟早有一天会影响到一化，是使用温和的手段，还是暴力入侵？到时候你就知道了。

泉想继续再问什么，白摇摇头，手指在泉手心写字，不要问了，这是我和太古之间的秘密，就算你知道也无法改变什么，只会徒增烦恼，而且不只是你改变不了什么，是我们所有人都无法改变，所以，依着现在这样发展就是最好。

泉将白拉过来，抱在怀里，说，我好像有些明白了，你的意思是对的，既然一化的未来终有定数，那我和物较量来较量去有什么意思，我就拿最近的第一个发明。白用手抚摸泉的脸颊，眼睛里尽是赞许。在怀里依偎了一会儿，白挣脱出来，用手比画着，你不要着急，其实，要想解决拿出发明过快，手里发明又太少的问题，也不是没有办法。泉顿时精神，比画着问，什么办法？白比画着，泉，我们可以重新办学，唯有办学，唯有知识，才能解决眼下的困境，现在我所认识的汉字，表达自己的想法不存在任何问题，我们不为拉拢人心，就是单纯地教授一种不同的知识思维，有人愿意把孩子送来就送来，没人愿意来，我就教授欢喜和其灵，他们从太古那里学得一种知识思维，然后结合我在一化外面学习到的知识，一定能形成更宽阔的知识思维，领悟能力和境界也会更上一层楼。

泉敬佩白，他甚至相信白的学识一定会超越太古，成为一化最有知识的人。白像是看出了眼前男人的想法，摇着头，手比画着，不要这样想，泉，知识没有高下，太古师父永远是一化之地知识最渊博、德行威望最高的人，我虽然来自一化之外，见过外面的不同文化，但在和太古师父学习的过程中，也了解了一化的独特文明，这里的人是温良的，这里的文化是包容的，这里有着外面的文明无法取代的唯一性。而且，我能有现在的知识和展示知识的机会，全凭太古师父的包容大度，这也是太古师父对一化文明的影响，刚才说过，起初太古师父是对我存有戒心的，她担心我学会汉字，可以交流了，是否会给一化带来不同，破坏一化现有的社会运行规律，但她还是继续教授我一化的知识。真是很感谢她，如果没有她，也就没有现在的我。

后山有人发现了铁矿石，为让人们冶炼铁器，泉顺势拿出了鼓风机这种发明。泉拿出做好的人排，安装在炼铁的炉灶上，然后叫人来，在人排这边踩，想让炉灶里的火旺盛，这边人就踩快点，想让炉灶里的火微弱，这边人就踩慢点。没几天鼓风机就普及开了，炼铁量大增，人们心服口服，对泉回到了原初的敬重。泉松了一口气，继续思索彻底解决此类难题的办法，拿发明治标不治本，不是长久之计。拿出发明那刻，意味着争取了三四个月的稳定人心的时间。

世间之事难以预知，二十多天后，一个晴天霹雳出现了，大地连夜派人叫泉到家里来，泉问来人知道不知道是什么事，来人头摇得拨浪鼓一样，说，我只是传话，其他的不知道，看你爸的表情神态真挺着急的。泉不敢耽搁，穿上鞋跟着出去，来到父亲大地住的院子，进到窑里，大地蹲在地上抽烟，母亲倚靠着炕壁坐着搓麻绳，来人说声，老首领，那我先走了。大地挥动了一下手，意思好的。

窑里就剩下他们三个，油灯的火苗摇曳着，大地再挖一锅烟，点着抽上，说，你就没有听到任何消息？泉丈二和尚摸不着头脑，说，什么消息？大地说，看来真是很危险了，在民众中你没有安插自己的眼线？泉说，怎么了？安插眼线做什么，如果被发现是很不好的。大地不再询问，说，有人发明了比你先进一百倍的鼓风机，制作简单，用起来灵活方便。泉惊住，久久回不过神，说，真的？大地从嘴里拔出烟锅，端在手里，说，肯定是真的，不然我半夜急忙忙叫你过来。这个情况泉原先想到过，但觉得发生的概率很小，就没当回事，泉说，已经有人在用了？大地说，不少人在用了，确实要比你发明的那好得多。泉说，知道不知道是谁发明的？大地说，开始没人说，我通过亲近的人打探得知，是前村住着的一个叫里水的村民发明的，这人没什么知识，但头脑灵活至极。泉长出一口气，说，这种人也厉害，不，是很厉害，我竟有些好奇了，能不能让人把他找来，我想见见。

大地说，我已经让人去找了，我也想见见此种人物的风采，想必将来这种人在一化会越来越多，这大概是上天或者说是历史前进的必然。泉说，先不管这些，我们先看看这第一个人是什么样。

门外传来脚步声，两人一前一后从门里进来，去找的人在前，说，老首领，人我找来了。大地说，好的，辛苦你了。那人便离开。在后面的人没了遮挡，孤零零地站着，但没有胆怯畏缩之意，大地问，你就叫里水？站着的人不卑不亢地说，是的，老首领。大地开门见山地问，是你发明了新的鼓风机？站着的人不假思索地说，老首领，泉首领发明的太笨拙，不利于移动，严格来说，我只是做了改进，算不上发明。

大地看了一眼泉，泉接住大地的话，问，听说你不识字，更没有知识，是这样吗？站着的人停顿了一下，说，是这样，做这种改进不需要认识字，也不需要书本上的知识。对方的坦然镇定让泉语塞，一时不知道说什么好。

站着的人看泉不再问，便问，还有什么要我回答的吗？大地说，我们叫你来没有其他意思，就是了解一下情况，你是人才，了不起的人才。站着的人说，老首领谬赞，我知晓您的意思，请您放心，我是里水，是一化普通的村民。大地说，好，以后有什么新的想法，随时来找我，或者找物和泉。站着的人说，好的，再没有什么了，我就先回去了，家里人还不知道我出来。大地说，辛苦你了。站着的人弯腰鞠躬，缓缓退出去。

泉说，此人精明，该说什么样的话都有分寸。大地说，你要记住，泉，很多时候识字、有知识的人的学问不可惧，可惧的是不识字、没知识的人的学问，他们没有我们的规矩思维，他们走的是生存最本真的那条路，你也要多向这种人请教学习。泉点点头。

一化很快就会出现春天的种种迹象，不再会是僵硬固化的寒冬。大地想。

第二天后晌，泉召集一化所有人，宣布了里水改进的鼓风机替代自己发明的鼓风机，同时，也鼓励大家积极思索发明创造。有人说，我们也可以发明创造？泉说，当然可以啊，你们不仅可以发明创造，还可以像里水这般改进原有的发明，让它们更有利于我们的生活。有人说，你不反对打压？泉笑着说，我为什么要反对打压？有人低声嘟囔，明知故问，还不是为你们的统治权力。泉听到，温和耐心地说，我在这里向大家保证，不会出现你们担心的那些事情。有人说，你又不是首领，说了算吗？泉说，也是，你们考虑得周全，我这样说，只要是在我权力范围内进行的发明创造，都不会出现你们担心的事情，还有，我很快会和我大哥物商量此事，会给大家一个满意的答复。

为消除大家的后顾之忧，泉找到物商量，物没有表态，含糊其词。泉没多追问，明白其中暗含的意思，物是在委婉地说着不同意。怪不得众人担心，首领之位拥有的统治权，不是人人都可挑战的。大家都能发明创造或对已有发明的改造，这是好事，这是谁都无法阻挡的将来大势，众人不是木偶人，自己没思想不琢磨，只等着使用他们的发明。就算是大部分人衣来伸手，饭来张口，总有少数人例外，就像里水。人们的思想是属于他们自己的，没有人能掌控另一个人的思想。

物不会不懂这个道理，只是不愿承认，他看起来对未来抱有一厢情愿的幻想，实则依然是对万事万物流动变化的一种无意义的抵抗，总想着某种永恒不变的稳定，最终导致落后挨打，这是数千年来人类犯下无数错误，总在重蹈覆辙的一个重要原因。

白在泉的支持下开始了办学，白受制于无法说话，只能把自己想说的写在纸上，给大家传阅着看，为方便大家看懂，需要有人用语言授课，这个重任毫无疑问地落在了泉的肩上。

白的办学是开放自由的，写在纸上的文字，谁都可以来阅读，阅读中有不懂之处，谁都可以提问。泉问过白，这般开放自由到头来会不会乱成一片？白比画着，意思为，不会的，我教授的这些和物教授的外在展现不同，本质却相同，都是使人进步的，如若有人真正理解了，就会深深地迷恋上知识的魅力，知识比爱情更为真实牢固，爱情的吸引力由两种欲望组成，身体本能欲望和精神上的占有欲望，这两种欲望都特别容易被消解、被厌倦。艺术也是知识的一种，进入艺术之门，就像是掉入了绚烂的世界。换句话说，艺术是不断更新变化的，你每次看都会觉得是崭新的世界，它能给你带来无尽新鲜的热爱和幸福，哲学、生活也是这样。

白比画着，意思为，你现在的水平很难理解到这个层面。泉不屑，说，也不一定吧，我说我现在就能理解到。

泉在人们聚集的地方说了白办学的消息，尽管人们都表现出全神贯注地倾听，但泉能看得出，没几个人是真的在听，百分之九十以上的人是在装模作样。泉说完后，一阵静悄悄，与晌午亮灿灿的阳光格格不入。有人打破静然，说，泉首领，我们不关心办学，只想知道上次说的全民参与发明创造和物首领商量的怎么样？泉说，物不太愿意，所以只要是在我权限范围内，发明创造和改进发明创造都可以。有人说，那还是不敢，你说的权限范围怎么判断啊，物首领到时候会问，一化到底谁是真正的首领？一化的首领难道不能管辖所有地方和所有人？我们到时候该怎么回答？泉一时答不上来，此事便暂时搁置了。

果不其然，来学习的人与泉和白预想的人数不相上下，尽管只有六个人，白觉得已经不错了。二人拾掇出一间房子，搬些桌椅进去，安顿来人坐下，这六个来学习的都是一化的年轻人：欢喜、其灵、里水、蒙子、素人、锅台。里水二十四岁，蒙子二十岁，素人十五岁，锅台十二岁。

白很满意，比画着，意思为，人来太多也没法教授，现在的人数刚好，知识的传播刚开始就是零星火种，需要时间，等零星火种有能力去传播了，学生们同样去办学去教授，知识的种子就会密麻地播种下来，最终遍地开花。一化要在人们用到的工具上进行不断的发明创造，更要努力传播知识，让更多人切身感受到知识带给生活的改变，从而促进生产工具的发明创造。泉听着白的讲授，越发佩服白了。

里水不由自主地拍手，嘴里说着，是这样，我真是来对地方了。蒙子跟着附和，说，说得太好了。素人说，我能理解一部分。锅台点着头。白比画，泉转述，你们有这样的感受力很好，我要强调的是，或许你们也去物那边学习过，但我教授给你们的和物那里教授的并不冲突，只是两种知识文化的外在呈现，或者说是不同的思维方式，物以传统的内向方式探索新知识，我用新式的外向思辨方式传播新知识，最终的目的还是一样，就是用知识让我们更好地活着。

蒙子说，那这两种思维方式能不能融合？

白比画，泉转述，殊途同归，融合当然没问题，但需要深厚强大的知识积累，我意思是我们先学习大量不同的知识，至于要不要思想融合，先不去管，如果要让两个东西融合，至少要把两个东西烂熟于心，才能融会贯通，显然，我们现在根本做不到，因此，我们先安心学习，等真有这个能力了，不用谁说，不同的知识自己就会去碰撞交织融合。

素人说，老师，你现在是这样吗？白脸上露出笑容，比画着，我现在是这样，两种不同的知识在我的思想里进行着碰撞、交织、融合。素人羡慕地说，我将来也要像白老师这样。

白比画，泉转述，你们将来肯定比我做得更好，能跨越碰撞交织融合的阶段，进入融合的新境界里，新境界里还会碰撞交织融合，这是无穷尽的，你们会走得更远。

后晌，白比画，泉转述，今天的课先上到这里，我给你们每人发我写好的两张纸的知识，回去读，下次课上我们讨论。学生们起身，带上白给的两页纸，意犹未尽地离开。

晚上，白带着两个孩子去太古那里学习，泉在家里照着油灯读白写在纸上的内容，读累了坐着歇息，盘算下次的发明创造，发明一个什么好呢？泉想不出就用拿着纸张的手拍脑袋，耷拉下来的纸在眼前晃动，纸上的字像是活了起来，左右、前后、上下蹦跳打闹。泉灵光一闪，有了，下次的发明创造有了！在先辈们之前的发明上进行技术革新，又怎么不算一种创造呢？泉开心得坐不住，站起身，舒展一下身体，出门去畅快行走一番。

一四

我头痛得不行，睁开眼睛看四周，是陌生又熟悉的环境，愣了一会儿，才想起自己是在深这里，欠起身子看窗外，天黑着，在枕头旁摸索手机，没有找到，回想手机会放到哪里，无奈想不起来，身边有呼吸声，转头看了一眼，是白石睡得正香。我忽然看到脚下有光亮闪了一下，慢慢坐起身，身子探向前，手伸着去摸，摸到不知道是谁的手机，按亮屏幕一看，四点二十五分。原来我们睡下没多久，喝酒好像喝到一点多，后来互相比拼着扇耳光，哭着笑，笑着哭。疲惫不堪后，各自睡去。我脑袋晕乎乎，沉甸甸，身体却轻飘飘，支撑不住，重新躺下。

睡意全无，想起深睡在哪里，用排除法推算寻找，自己旁边是白石，白石旁边正打呼噜的肯定是二青，床上已再无地方可睡，那深就是在沙发上凑合着，我用胳膊支撑着身体趴起，在黑夜里探听沙发上的动静，没有任何发现，深和黑夜融为一体，难分你我。再次躺下，想起深对我一直在探索追寻的那个感知到的瞬间和声音，对其中模糊又真实存在的东西的概括，命名为空。空又不空，似有似无，生活中不是有很多如此说不清、道不明的存在吗？

可又转念一想，把想不通的问题归于生活本身，过于笼统，绝对没有这么简单。我要重新理顺思路，先是去山里感受到的那种存在，然后回到深的住处，夜里再次感受到，醒来想再次找到那个存在，通过摆出各种姿势去连接，终无果。后来是厌恶的情绪产生、给骨头的女人、商场里抢骨头的男人、小男孩轻、找房子遇到的房东在不同地方有着不同的名字……

想着想着，肚子叽里呱啦叫唤起，生湿气从喉咙处直往上涌，想是晚上吃的菜没消化，夜里睡下，被子又没盖好，肚子着了凉。肯定是忍不到天亮了。厕所在一楼的后院里，就算这会儿轻手轻脚不惊醒他们，下楼后开后院的门也会发出响动惊醒他们。管不了那么多，肚子叫唤得更厉害，只能硬着头皮去。

从下床到穿上鞋，走过深睡觉的沙发，轻轻开门出去，下了楼梯，来到院子后门处，心提到嗓子眼，旁边是房东老两口住的房子，开门的声响一定会惊动他们。我尝试着以最小的力量来开门，随时调整力量大小，像是能精确到一牛顿。但还是发出了声响，我看门开的空隙能挤出去，便迈过门槛，向厕所走去。急迫的情势缓解后，由深夜引发的恐惧出现，并且不断升级，我走出厕所，不敢多看周围，快步经过后门，没有了开门时的精细计算，匆忙关上门，直奔二楼。气喘吁吁地上到二楼，抬眼便看到栏杆上站立的鸽子，它们昂首挺胸，眼睛看着远处的山，我站住，身体里一股凉意窜过，不敢再向前走。

几分钟过去，鸽子像被冻僵一样，一动不动，可现在是春夏之交啊，难道这是一只假鸽子，放在栏杆上当装饰摆设？我挪动有些发麻的脚，没走出两步，鸽子动起来，拍打着翅膀，头转向我这边，像人一样歪着头看我，我被看得毛骨悚然，此时的它和刚才看它的我一样，是否它也正在想着我刚才的问题，我是否也成了它眼中的摆设装饰？我给自己壮胆，不就是一只鸽子吗，再厉害也不能把我这五大三粗的人怎么样，别胡思乱想，自己吓自己。腿不能打弯，僵直地迈出去，鸽子突然扑过来，飞到地上，走到我跟前，挡住去路。我不禁打了几个寒战，往后退一步，手扶窗台时，碰到了窗台上横七竖八摆放的用坏的毛笔，有几根毛笔碰到了窗玻璃，发出声响。深不知什么时候过来的，他的声音在黑夜中响起，说，别闹了，快让人进来，他是我们的朋友，你回去睡觉，我这里不用你站岗，今夜的院子不用巡视。我诧异，深怎么知道是鸽子在挡路。鸽子没有离开的意思，头仰起看我，我越发动弹不得。

深穿着拖鞋，从门里出来，说，走吧，今夜这里来的人确实多，但都是我的朋友，快去睡觉吧，我的话你都不听了？鸽子掉转身子走到深跟前，深伸出胳膊，手掌展开，鸽子飞上去落定，深将手抬到眼前，说，我的朋友就是你的朋友，你的朋友也是我的朋友，我们起初不就说好了吗？鸽子点点头，嘴巴轻啄几下深的手掌，飞离。

我跟着深回了房子。深按开书法案台上和窗户前桌子上的台灯，昏黄的光亮温柔不已，漆黑没有被刺痛，无声地淡化褪去。我坐在沙发上，深提起暖壶，倒两杯热水，端到沙发前从二手家具市场买回来不知用了多久的素朴的木茶几上。

我端起水抿了一口，深站在练习书法的案台前，拿起毛笔，蘸上墨汁，在纸上享受地书写。写了一阵，停住看写下的字时，对我说，写得怎么样？我说，毛笔字虽然我不会写，但我知道其中的美和人身心之间的关系。深问，那你觉得刚才的鸽子有意思吗？我问，你是怎么知道我被鸽子挡住去路的？是我下床或醒来那会儿你就知道？深没再写字，过来坐在沙发上，端起杯子喝口水，问，你觉得呢？我说，我觉得我醒来时你就知道。深无声地笑着说，你还记得有一次来这里，房东让我把门关好，你说为什么要关好，我说怕鸟飞走，你说大门和墙能关住鸟吗？我说能关住。我说，难道鸽子就是那只鸟？深说，人啊，很多事情是不能这样想的，要看到事物的本质，鸽子是鸟的一种，所以怕鸟飞走，不是怕鸽子飞走，再说，鸽子没有房东老两口的指令是不会飞走的，鸟却说不来。

你这些说法怎么听起来像是诡辩，说实话，我不太喜欢。我直截了当地说。深说，你身体不是流动的，要流动起来，这样才能发挥想象，好多事情、好多场景、好多环境氛围，要把正在流逝的时间用作观赏感受，而不是通过一些手段留住，也根本就留不住。真正留住的是你拥有了那时的情绪和感受，就像我们现在。

我截住深的话，激动地说，深，我好像开窍了，你的话语洗涤了我心中堆积的尘垢，我有所得了，让我来说接下来的话，比如我们现在，昏黄的灯光与黑夜形成相得益彰的明亮，其中的我们和物体都能感受到柔软舒适，然后是灯光里摆放的一切都是那么好，好像只有这么摆放才最有意思、最有趣味、最有意蕴，书法案台靠墙放着的那一排大师画像，案台上铺展着被你写得发黑的毛毡，毛毡后面放着装有墨汁的瓷碗和洗毛笔用的瓷缸子，笔架上挂着开笔和没开笔的毛笔，一边垒摞着凌乱的书籍、碑帖，一边垒摞着用来练字的廉价纸张，再有空隙处放有两三盆文竹和刚移栽的吊兰。一个木头草帘子做的屏风放在书法案台前，有园林里假山的作用，也防止在桌子上洗笔时水飞溅过去。窗台前放置的桌子上，放着电脑和写有小说的厚厚的草稿纸，纸上压着从河边捡来的石头，这些都被昏黄的灯光照耀着。环看一圈，这种感觉都令人难忘。

深说，我们最能记住的是无定形和随意流淌的一瞬间的情绪和感觉，凝固停滞的生活状态只能在生命长河中算作瞬时记忆，没有任何意义，给我们带不来任何觉悟。

我赞同地点着头，说，困扰我很久的烦恼被你这么一说，消散了很多，感谢你啊，深。深站起身，继续去写字，说，你对感受到的那个“空”现在有新的理解了吧。我嗯一声。在沙发上坐了会儿，困意生发，上床躺下，想鸽子和鸟的事情。

不知是睡梦中还是醒着产生的幻觉，我听到深又和鸽子说话，鸽子应该飞到了写字的案台上，干扰到了深的书写。深说，你啊，现在怎么这么不听话，我们相处都这么久了，不要再疑神疑鬼，昨天来的都是朋友，赶紧去睡觉。有翅膀拍打和笔架倒掉的声响，深无奈地说，我知道你是什么意思，我的朋友，我的兄弟，你是鸟儿，你会飞，它们不会飞，我也不想送走它们，你要理解我，我的苦痛我想你能懂，尤其像现在的深夜，每每看到空荡的沙发和床上铺展的被子，就想起它们，难受得不能自抑。我听见有什么东西落在浑水里，也许是落在墨汁里，我看到台灯照耀下的光亮里有忽大忽小的影子移动。深说，我知道自己是世俗里彻彻底底的失败者，一事无成，一无所长，整日阅读和书写一些对现实无用的东西，你怨怪我，我接受，是我不好，我既然拯救了它们，就不能再去抛弃它们，我记得很清楚，花点是别人要扔掉的，我收养下来。大黄是刚出生不久就被丢弃在下水道里，我听到它绝望的求救声，寻着微弱的声音找到它。看第一眼，吓到我了，它瘦骨嶙峋，孱弱得站不住，我把它抱回住处，也就是这里，每日给它喂牛奶、饼干，它渴望活下去，没几日便能站立行走。可是，唉，它们都生育啊，一次生五六七八个不等，送人抚养又没人要，房东老两口也不太喜欢，你说我怎么办？

拉出放在窗台前桌子里的椅子，椅子腿与地面发出刺耳的声响，深坐下，拿开稿纸上压的石头，搁在桌子上，从厚厚的稿子里翻找出两张，说，这是自它们离开后，我独自面对漫漫长夜，写下的一些文字，我没给谁看过，今天读给你听听，我的鸽子兄弟。

“此刻，我为何悲伤、孤独、悲愤、自惭形秽。因为留恋，因为爱，因为对这个世界仍有所期望、幻想？前几日，那只喂养了近两年的花点，生了四只小崽子。今日从老家返回，进屋，发现它们已经全部睁开眼睛。我想，自己往后的生活或许会被这些微不足道的琐碎瞬间逐步还原为一种赤裸的真实状态，如大街小巷的电线杆上覆盖着新旧不

一、形状各异的广告。生活被一地鸡毛无尽的覆盖，显得破碎凌乱，皆在提醒我，这就是这个时代，一个需要敢爱敢恨，为保持纯真而奋不顾身的时代。前路迷茫，精神无所依托的我们最终恐怕连枯瘪的身体也会虚假不堪，没有了自己，没有了属于自己的一切，我们还能做什么？如今的我们，软弱到连几只猫都保护不了。”

我想起花点和大黄，听深说过，无法再抚养它们，就把它们送到了山上的寺庙里。我几次问深，它们有没有回来过？深无奈地说，寺庙离这里远呢，我不希望它们回来，路上危险，别遇上坏人和其他动物。我自言自语，世俗里无人保护它们，它们就是野猫，流浪是唯一的出路。

文稿读到浓情处，深抽泣不止。鸽子忽然飞起，门开着，穿过门帘的缝隙，即刻窗台外传来伤心的蹦跳声，深听出来，跑出去，低声喊叫，花点，大黄，我知道是你们回来了，我想念你们，你们在外过得好吗？我想醒来，却怎么也醒不来，更别说坐起身下床去查看。

第二天九点多，几个人拖着疲乏的身体，坐着站着喝水，深去一楼院子里的水管处接两桶水，提上来，放在门口，说，你们谁要洗漱就去洗，坐一会儿我们去附近的镇上吃饭。二青说，我等会儿洗，我去院子外面看看摩托车还在不。深说，我看过了，在的。二青说，在就好，别还没送外卖挣钱就丢了挣钱的工具。白石把手里的水杯放在木头茶几上，说，没人洗我洗，洗上一把清醒清醒，喝得人这会儿还昏昏沉沉。二青玩笑着说，是谁昨夜大言不惭，大放厥词，不知能喝多少。白石捞起浸泡在水里的手巾，边拧干边说，有吗？深不想让此话题继续下去，转移了话题，说，想想我们等会儿吃什么。我说，吃碗面就行。白石洗漱完毕，说，吃面我们就去山脚下那家面馆，那里做得正宗。二青调侃，说，真是面地道？不是因为老板娘好看？白石说，一天就是胡说八道，老板娘好看和咱有什么关系？二青说，你不是经常去那里吃面，经常去就是为看老板娘吗？深说，美食与美人都是满足欲望的，白石是最会享受的。白石笑着说，你们这么嫉妒，今天就带你们过去。

十一点多出门，房东老头看到我们下楼来，说，深，记得把大门关好，小心鸟儿跑出去。深恭敬地说，好的，叔，请放心。老婆婆在房子里说，老头，回来给咱往锅里加水，我擀面。老头这才回去。我看得出老头对我们的到来不满。

大家都出来，深关上大门，一同往吃面的地方走。我赶上深，问，我们的到来会不会给你带来麻烦？深说，你意思是房东？我点点头。深说，不会的，别多想，人，我有在房子里会朋友的权力。我说，那就好。赶上饭点，面馆坐满了人，柜台后面的老板娘看到进来的我们，环视一圈，说，你们稍微等下，靠窗那桌马上吃完。我们站在柜台旁边等待。靠窗那桌没一会儿就吃完了，起身离开后，服务员拿着抹布过去拾掇开，我们四人坐定，各自点了想吃的面。

吃饭中，春发来消息，在你房子吗？我回过去，怎么了？春发消息，没怎么，就随便问问，最近工作找得怎么样？我回复，还在找，合适的比较少。春发消息，你就不听我的话，满意的工作太少了，不管怎么先找个做着，我们都不小了，再过一两年也得谈婚论嫁了，到时候你要房子没房子，要工作没工作，我怎么给我家里说。我最是听不得这些，潦草回复，我知道，最近就找个。春没再发消息来。

吃过饭，二青骑摩托车回去，白石就近坐了公交车，深要我跟着回去一趟，说有东西给我。我和深走在回去的路上，天蓝瓦瓦、清亮亮，阳光照耀到大地的每个角落，远处的山雄壮绵延，村庄和川地慵慵懒懒，一股萧索的迷茫涌上心头，身体里的力量像霜打茄子一样急降，消失殆尽。

深看出我的心思，说，这是一种真实的情绪，但还不够纯粹，不能想太多我们现在的生活，要寻求内心的自省。我说，夜里之所以感觉充满力量，是因为还有些许的神秘感存在。一到白天，现实赤裸裸地摆在眼前，无法逃避找工作、赚钱、成家这些麻烦事，精神就被困住了，疲倦感倍增。深说，我们能做的就是发现生活之外的美，用内心的自省力不断地创造生活之上的艺术性，或是那种神秘离奇、脱离肉体器官的精神力，我的表述不够精确，等我再想一想，不过，你肯定是知晓的。我说，是的，我能知晓。

回到深的住处，坐着喝会儿水，为避开晚高峰的拥挤，我准备离开。深从书架顶部拿下一个宽大的纸袋子，里面装着牛皮纸包裹的方正物件，递过来，说，离开这里后再打开。我接过来，说，搞得神神秘秘，难不成有什么说法？深笑而不语。

来到公交车站，等车间隙，好奇心驱使我从袋子里拿出牛皮纸包裹的方正物件，三下五除二拆开，原来是三幅用木框装裱好的作品，刚想细细打量，公交车过来，画和牛皮纸一股脑儿被我塞进手提袋子里。车上人不多，这趟车走得慢，路过的站点又多，停停走走就更慢了，但我并不着急，趁人少清净，我重新从纸袋里拿出装裱好的作品，一幅一幅挨着看。

第一幅是深写的书法，之前我提了好多次，让他给我写几个字，我好放在家里。我仔细打量纸上的两个字，“下渊”，真漂亮，越看越想看，不得不说深的书法有了自己的风格。第二幅是齐白石老先生晚年的照片，老先生穿着黑布长袍，戴着黑棉帽子，手里拄着木头拐杖，坐在凳子上，戴着圆形眼镜，眼睛看着前方，白胡子飘摇。深真是有心，我记得自己只是说过一次，喜欢齐白石老先生这张照片。民国大师群像里，齐白石是我喜欢的一个，木框里的老先生像活过来一样，盯着我看，面带似有似无的微笑，我鼻子一酸，掉下眼泪，赶忙用袖子擦掉。第三幅是凡·高先生的画作《星空》，我喜欢这种漫无边际的想象和艺术的热烈癫狂。想象和热爱最是难得，我们的想象和热爱正面临着前所未有的固化，像一块坚硬的铁板。车停住，有人上来，再继续开动往前走。

今日是周末，此时是下午三点多，按理说坐车的人会不少，奇怪的是一路上车下车的人稀稀拉拉，车厢里空空荡荡，我不禁看向前面驾驶室开车的司机，司机机械地开着车，不管车里有多少人。因为对于公交车来说，坐一个人和坐几十个人并无差别，就算一个人没有，也会把要行驶的路线行驶一遍。阳光从车窗照进来，一些落在我身上，我把头倚靠在窗玻璃上，放空所有去享受。不自觉中睡过去。车身一晃，我似醒非醒，想起手里提着装有作品的袋子，搓揉几下眼睛，看窗外，不得了，这是到了哪里？原先也坐过这趟车，好像不经过这么偏僻原始的村子吧，看车厢，除了我，还坐着两个人，一个男人，一个小孩，我探出身子看开车的司机，仍旧那般，如木偶人一样。

窗外风景真是好啊，是我想看到的景色，宽阔马路将土地分为两边，一边是川地，种着西瓜、葡萄、各式各样的蔬菜和麦子、玉米、红薯等庄稼；一边是兼具南北方特色的房子，有两层的，有一层的，房子间留有走人走车的巷道。太阳不再那么灼烫，人们从院子里出来，有的下地劳作，有的坐在门口的石头上晒太阳，孩子们睡眼惺忪，可爱笨拙地吸收温热的阳光，我体会过这种美好，小时候在奶奶家的院子里坐着晒过这样的阳光。下午睡醒来，身体长时间没有运动，体温有些低，坐在院子里的石头上，什么都不想，自己只有身体，温热的阳光像春雨一样渗入身体，从衣裳到皮肤到骨头，在整个身体里漫开，这时，身体与天地接通，成为与花草树木无差别的存在。

司机停住车，有老人提着一筐西红柿上来，司机关上门，男人和老人打招呼，说，叔，你去地里摘西红柿了？老人看到男人，惊喜不已，走过来坐在男人旁边的座位上，说，是啊，地里西红柿红了，摘一筐子回去，芒种大师啊，你这是去哪里？

我纳闷，男人看起来不过四十多岁，为何五十多岁的老人要称呼他为大师，估计是一个骗子，也就是骗骗村里的老人小孩。

男人说，不去哪里，就是坐车，许久没有坐这趟车了，也是一次旅行。老人拿出筐子里的西红柿递给男人，说，吃一个我种的西红柿，看味道怎么样。男人没客气，接住，笑着说，味道肯定不错，这西红柿是您用淳朴、善良、踏实培育的，没有道理不好吃。老人说，芒种大师开玩笑了。随即拿西红柿递给小男孩，然后再拿两个向我这边走来，到我跟前递过来，我手足无措地站起身，去接的同时也去搀扶老人，说，这怎么好意思。老人亲切地说，就两个西红柿，遇到了就是缘分，没有什么的，拿着，能来我们这里的都是贵客。我接住，重新坐下，看着老人回到座位上。

男人美滋滋地吃起来，给老人竖起大拇指，说，好吃，大叔，真是好吃。老人说，好吃多吃几个，筐子里多呢，来，给你布袋子里装几个。男人连忙摆手，说，够了，大叔，再拿就没意思了，遇上吃两个最好。老人说，也好，你们有讲究。

三四站后，老人下了车。小男孩吃着西红柿，看着窗外的风景，男人说，轻，不够吃我这里还有一个。小男孩头也不回地说，大师父，够了，那个你留着。我那会儿就看小男孩背影熟悉，一时没想起是谁，现在男人叫出轻的名字，难道是在小区里遇到的男孩？我刚要叫轻，男人开口，说，人，你上来这么久了，有什么感悟？我诧异地问道，你知道我？小男孩转过头看我，天真地笑起来，说，人啊，好久不见了，你轻功修炼的怎么样？我说，我就没有轻功，你偏要说有。男人说，有没有轻功不重要，重要的是你有什么感悟。

我把手里的西红柿放进袋子，收回投向窗外的目光，说，感悟现在难以说出，公交车变化了的新线路有意思，能净化涤荡人的心灵。今日遇到你们，发现这条心旷神怡的公交线路，真是意外的惊喜。

男人说，你能经过这段隐秘无形的线路，是你的思想造诣引领你来的，一般人就算坐一千次也无法进入这里。我说，你的意思是公交线路并没有变化，现在出现的这些不过是有着高层次精神思想的人才能进入的世界？男人说，不然你以为呢？我说，你们要到哪里去？小男孩说，你没听我师父前面说，哪里也不去，就是坐车，也是旅行。男人说，是旅行，也是你我之间精神思想以及无形的能量的连接，让我们相见。我说，不，不是这样，我感受到了那个无形流动的存在，它在变化，不过我能跟上这种变化，我要想想，是深给的这三幅作品以及这里的环境和你说的话语给了我启发，这辆公交车不仅仅是移动的桃花源，还是艺术闪烁出的异质物。

光顾着沉醉地自说自话，忘记了男人和小男孩，等想起他们，要去和他们说抱歉的话，才发现车上在座的人里没有了他们的身影，看向窗外，车已经进到市区，满目现代景观。

今夜又能接续着写那没有写完的小说了。

一五

整日不工作待在房子里写作也苦恼，空虚之海随时都能淹没自己，那种溺水的感觉真不好受，纯纯的折磨，要想有所缓解，立竿见影的办法就是换个环境，是时候找一份工作了。这是迫在眉睫的事情。与文字有关的工作找不到，那就去找服务类或者出卖体力的活计。打开手机里的招聘软件，输进去“售货员”“前台”等关键词，然后搜索，出来许多招聘岗位，我挨着翻看筛选，最终选定烟酒柜台的售货员，地址在离自己住处大概有二十公里远的商场里。我投了简历，很快就有回复，您的简历很符合我们招聘的要求，如果您有意愿我们可以约定时间面试。我发消息，我有意愿，明天可以来面试吗？对方回复，明天上午十点半我正好在店里，您看怎么样？我发，好的，那就明天上午见。

躺在床上久久无法入睡，想着明天去面试和自己将要去卖烟酒这档子事情，心里有两个声音争吵起来，一个声音说，人啊人，你可是本科毕业的大学生啊，怎么沦落到去卖烟酒，万一遇到了熟人怎么办？另一个声音立即出现，大学生怎么了？大学生不是也找不到工作？每日待在家里读书写作能成？钱从哪里来？再说，卖烟酒怎么了？世上那么多烟酒店、那么多卖烟酒的人，为何你不行？你高贵，人家就卑贱？我被说服又没有被说服，唉，还是先睡觉吧，一切等明天再说。拿起手机看了一眼时间，吓一跳，已经快四点了，再不睡天就亮了。责怪起自己，总是在这种无用的纠结和虚无中浪费掉时间。

最后不知道是怎么睡着的，醒来想起约定的面试时间，摸到手机打开一看，八点四十五分，起吧，洗漱和整理要带的东西，可以出门了。穿上鞋，背上包，出了小区，看了一眼时间，九点二十三分，坐上公交车是九点半，时间稍微有些紧张。好在公交车一路飞驰，到商场入口处是十点十分，还有时间，进入商场，坐扶梯下到负一层，找到超市入口，装作购物的人，借着看商品间隙寻找烟酒柜台的位置，转悠一圈没有看到，拿出手机翻看店家的位置，原来是在超市出口处，我看时间不宽裕，顾不得很多，快步来到出口，一个由玻璃和木头组成的柜台及货架出现在眼前，柜台后面坐着两个比自己年长八九岁的女人，还有一个正忙活着理货的中年女人。我犹豫起来，那种声音又出现了，看吧，这就是女人做的活计，你一个五大三粗的男人做这个，丢不丢人？另一种声音如影随形，又是这种心理，大丈夫能屈能伸才能成事，扭扭捏捏像什么，来都来了，既然害怕丢人那就不要来啊，浪费时间做什么？

我看时间到了，长出口气，出了超市向着烟酒柜台走去，年轻微胖的女人看到我，说，来应聘？我尽量克制翻涌的羞惭和尴尬，说，是的，昨晚在招聘软件上说好的。年轻苗条的女人说，看你简历是大学生，怎么会想着来做这个？年轻微胖的女人说，是啊，我们这工作挣钱少不算还极其不稳定，你能接受得了？我说，大学生现在算不了什么，再者，不管什么工作都是值得去做的，我既然来了就能接受得了，我想确定的是，真的是上一休一？年轻微胖的女人说，确定是上一休一，其实就是两班倒，你和对班大姐只要把工作做好，至于怎么休假你们商量着来。

忙活的中年女人停住手中的工作，舒展活动了一下腰腿，说，你好，我叫云，你叫我云姐就行。我说，你好，我叫人，以后请你多指点。年轻微胖女人说，到底是文化人，说话文绉绉。年轻苗条女人说，我去逛会儿，要回去了给我电话。年轻微胖女人说，别走远啊。

我说，我们这个要签合同吗？年轻微胖女人说，不用的，你要离职提前半个月给我说，我好有时间来招聘新员工，忘记说重点了，每月工资是三千，外加提成，提成是在每月完成了六万元的基础销售额后，每多一万抽一百，总之每月差不多能拿到三千三四百元，你看还有什么要问的没？我一时不知问什么，刚想说没什么了，有人来买烟，云姐熟练地拿出顾客需要的烟，在收银的机子上扫了一下，来人付过钱，云姐把烟给过去。

年轻微胖女人说，没有什么要问的我就走了啊。我说，我从什么时候开始上班？年轻微胖女人说，你如果不忙现在就可以开始，这个工作看着简单，其实不容易，要记住这百十种烟的品种、位置、价格，存放的库房在哪里，再有开发票、上下班对账、点清烟的数量这些，跟着云姐和要走的冰冰学三四天，你感觉可以独自完成了，就开始正式上班。走出去几步停住，补充说，不要担心工资的事情，你跟着学习的时间都会算工资。我说，好的，感谢。

云姐忙活差不多了，坐在小板凳上歇息喝水，让我坐在旁边的椅子上。云姐说，这项工作难点和基础在记住这些烟的名字和摆放的位置，接着是每日上班来核对昨天的账和烟的数量，下班前核对当日收的钱及售卖出去的烟的数量，是否和收银机上显示的钱数一致。刚开始肯定会手忙脚乱几天，也不要担心，用不了十天半个月就会得心应手。我看着眼前这个滔滔不绝的中年女人，短发，五官精致，穿着朴素大方，握玻璃杯的手保养得白皙，手背上浅浅的皱纹都能看得一清二楚。

云姐看我不接话，说，人，你在想什么？害怕了？我回过神，说，没想什么，没有害怕，这有什么好怕的。云姐看透一切地笑着，说，有什么害怕的你知道，不过，这里不是你想的那样，等你工作一段时间就会知道。我说，我想的哪样？云姐微笑不应，有人来买烟，她起身去售卖。

我跟着连续学习三天，感觉基本可以独自工作了，就给冰冰说，明天你就不用来了。冰冰说，你确定可以？我说，可以的，迟早要自己去完成。冰冰点点头，说，那我明天开始就不来了。我说，以后也还可以来转。冰冰说，以后不知道是什么时候了，我们要离开这座城市到别的城市去。我说，世界很小的，相信我们还会遇见。冰冰说，有可能，再遇见，你不要叫我冰冰。我问，那叫你什么？冰冰说，随便叫什么都可以，就是不能叫冰冰，我不想记住这里，不想形成在这里的记忆，记忆太多身体大脑负荷太重，减负最先要做的事情就是换掉已经用过的名字。

我想起那个一会儿叫“黄土”，一会儿叫“高原”的房东，名字对他们这些人来说，是一生的负累，所以只能不断更换名字。我说，我叫你没有使用过的名字，你怎么知道我叫的又是你呢？冰冰说，没有绝对的无瓜葛，只能尽量减少联系，这就够了。我需要通过换名字的方式保持自己一直是崭新的，如此才能消解世俗加在自己身上的长久的艰难处境。

趁着冰冰收拾柜子里自己的物品时，我猛不防地叫出，春临。

冰冰迅速反应过来，说，怎么了？人。我给她竖起大拇指，点着头说，我突然想到这个名字，我叫你春临好不好？冰冰说，春临这个名字好听，送给我吧，算是留念，怎么样？我说，有意思，当作留念的一般都是实物，手链、本子、水杯啥的，第一次听到把随口说来的名字当作留念。冰冰说，那我就收下了，感谢你，人，下次如若还能见面，就叫这个新的名字，崭新的，这样我才能听见，我们也才能相认。我见她已经收拾好，说，现在就要走？冰冰说，是啊，何不现在就开始？我说，也对，何不现在就开始，祝好运，春临。冰冰提着包，摆摆手，离开。

晚上十点下班，我六点就开始核对账目和烟的数量，中间有来买烟的顾客，我尽可能都记住，一直核对到九点才结束。就在我以为可以顺利轻松下班时，担心的事情还是发生了，九点半时，不知从哪里冒出很多买烟的人，像是早就隐蔽在某处，突然一股脑涌现，故意刁难我。我唯有一一按照要求售卖。等这些人离开，已经过了下班时间，我告诉自己，不能慌乱，把刚才售卖的烟和钱加在之前核对好的数字上面就好。超市保安走过来，说，马上就要关门了，你能完成不？我说，还得一会儿，不好意思啊，第一天单独上班。保安说，那我先关门，你慢慢算，记得走的时候把烟酒柜的灯关了，等会儿你从我们的员工通道出。我说，员工通道在哪里？保安边用手指边说，你进到超市里，顺着左边走，会看到一个门，推门进去坐电梯上二楼就好了。我连声说，谢谢，谢谢，谢谢。

花费了大概十五分钟，完全核对好账目，我依着保安所指的路，绕转几次，找到出去的门，坐上电梯。出大楼的瞬间，我像是回到了新世界，舒畅许多，抬头看天空，黑漆漆，不远处是正热闹的夜市，人们坐着边吃喝边高谈阔论，我知晓，这种欢快多少带有放纵的意思。不能在这里多停留，回去的公交车十一点就停了，要快速到公交车站，坐上倒数第二趟公交车。等待红绿灯过马路中，看到要坐的公交车过来，心中盘算，红灯还有十秒变到绿灯，坐车的人多，上车得一会儿，能赶上。变到绿灯，我跑到对面四五十米处的公交车站，跟着人群上了车，幸运的是还有座位。坐定后，公交车启动，摇摇晃晃地驶开，我看着车窗外逐渐冷清下来的街道，在昏黄的路灯照耀下又生出几分空荡的温情。

想起临下班时的突发情况，与运动变化联系起来，人们总想着不变化、不运动，定时定点做事，就像我已经核对好的账目，如果不再来买烟的人，我就可以顺利下班，可这个世界无时无刻不在运动啊，要想有恒定的不变，只能去适应变化，接受一种相对静止相对恒定的不变。我最后把突然涌出的那些人购买的烟和钱加上，就完成了相对暂时的不变。我这会儿是极其享受的，晚风吹拂，车在行进，看着渐渐安静下来的城市，还能回家，回到那个夜里能散发光芒的小房子，泡杯茶，坐着静静品茗。

车停住，到了一个站点，我看着站在广告牌前的人们，这些广告牌沾满尘埃污垢，好像随时坏掉一样发出微弱的灯光，那些人中多为年轻人，有个女孩子特别显眼，穿着打扮很时尚，但在时尚的外表下夹杂了古朴的清纯。她扎着马尾，头发很顺滑地垂下来，白皙的脸颊上有两片动人的红唇，一手空着，一手拿着一束干花，我想拿出手机拍照留住这种迷人的感觉，碍于透明玻璃的无遮掩，又怕被认作坏人，只能作罢。车重新启动，女孩就那么站着。我感受到了那种模糊的存在。车里站着的人们，一个个像是软塌塌的面条，挂在车顶的横杆上，随着车的摇摆而肆意晃动，巧妙的是不管怎么摇摆都不会扭成麻花状。坐公交车直接到达不了小区，下车后得找一辆自行车骑行七八分钟。自行车有时能找见，有时找不见，我想找见就骑上，找不见就走回去。走这段路，我的思想最活跃。

回到房间，热水泡茶，坐在沙发上，看着左右摆放的满满当当的书架，心想，不要看这些书表面没有生命，实则每时每刻都有变化着的生命力。喝口茶，觉得开房顶的大灯太亮，站起身关掉，打开桌子上散发黄光的台灯，卧室没人，我也打开能散发同样光芒的落地灯，这样的感觉很不一样。

我没有回沙发上坐，而是来到书桌前坐下，拿起没有读完的哲学书籍阅读，隐藏在文字里的哲理哗啦啦流淌出来，眼睛、大脑和心灵游刃有余地徜徉在文字间，读着读着，想起这段时间正在写的小说，迫不及待地打开电脑，按下开机键，开机中手指抚摸着手掌，温热润滑，打开正在写的小说文档，然后很有仪式感地把双手放在键盘上，开始文思泉涌地书写。

如此激情创作持续了一个多小时，我感到口渴，起身去倒掉凉透了的茶水，换上热水，站在书架前边看摆放的书边喝热茶水。原来我经常想的那些真的存在，我住的这里是北郊，楼下有宽阔的河，不好的是河水里有旁边污水处理厂排放出的处理过的废水，所以空气里布满强烈刺鼻的化学药剂味道，我觉得这些都影响着自己的阅读和书写。于是，时不时就去南郊，那里山清水秀、空气清爽，会给自己的阅读书写带来强大的动力。不过现在好了，北郊也成了我很好的阅读写作的基地，应该是经过两三年的相处，我凭借自己坚强不屈的精神改变了那些阻碍自己阅读书写的不适感，还有，我敢肯定，河水发生了变化，充满刺鼻气味的废水已经不排放在河里了，如今的河水清澈见底。

越想越兴奋，难以入睡，干脆就不睡，反正明天不上班。喝过水，我回到椅子处，写了半个多小时小说，提醒自己，不能再写，再写可能会破坏好不容易找到的感觉。点击保存后关掉文档。拿起一本哲学书继续阅读，却觉得不如之前那样读得进去。看了一会儿，把书合上。回到沙发处坐着，随着夜与昏黄灯光一同坠入浓淡适宜的静谧。看到镇尺上放着的骨头，我至今都没明白骨头上划痕的意思，就那么放着吧，这可能需要机缘，说不准哪天突然就懂了。困倦上涌，我顺势躺在沙发上，暂且知足地睡去。

一六

大学生学习能力确实强。几天后年轻微胖女人来取这些日子收的现金，看到站着核对烟的数量的我，感叹道。我不好意思地说，这样的工作谁都可以做到。年轻微胖女人说，还是不一样，接受过高等教育，对事物的认知就不一样。我不知说什么好，微笑回应。

年轻微胖女人清点了现金，装在包里，准备离开，我也盼望着她快点离开，不然太拘束，做什么都不自在。快走出超市卷闸门口时，她忽然停住脚步，折转回来，手托在柜台上，问，你好像从没问过我叫什么名字，我很好奇你给我的代号是什么？我随口说，老板啊。她说，不是，你在撒谎，你肯定是按照我的体貌特征来命名的，年轻微胖女人？我震惊，自己的心思难道这么容易被看穿，还是对方会读心术？我说，就是为了好表达，没有其他意思，你不要介意。她说，你随意怎么称呼，我不在意，还有，你想看书就大大方方拿出来看，你只要把烟酒卖好，主要是烟，酒没几瓶，后面我会撤掉酒，然后你爱怎么看就怎么看。我说，感谢，感谢老板。

十一点多，一位中年男人来买烟，看到我，问，怎么是你啊，冰冰呢？我如实说，冰冰辞职了。中年男人说，好好的怎么辞职了，这女娃，真是太可惜了。我边给男人拿烟边说，这有什么可惜的，临时卖烟工作，哪里找不到，指不定人家辞职后有更好的去处。中年男人接过烟，付了钱，说，我对谁都是这么说，你也会走，到时候也很可惜。我没法接话，沉默下来。中年男人装好烟，摇着头，唉声叹气地离开。我心想，莫名其妙，说的都是什么话，没头没尾的。

紧接着过来一个青年，二十三四岁，说，给我一盒“金钗”，你不要搭理那人，那人就不是什么好鸟，你刚来没多相处，相处多了就知道了。我找到烟，递过去，说，哦，我刚来没多久，不太清楚。青年说，他这类人最坏，你可以叫他们坏种，坏种们现在这个年纪，经济宽裕，衣食无忧，每日就是胡乱逛，带着不同的女人，寻找低级的激情。我说，那人问冰冰去哪里了，难道和冰冰？青年说，坏种见到漂亮女子就动心，很多时候是单相思，我可以作证，冰冰绝对看不上坏种。我说，哦，那就好，今天没见带女人来啊。青年说，狗屁，女人在我们那里买奶茶呢，真是很气愤，他们过的是什么生活，我们过的是什么生活，一个天上一个地下，没法比。

我不想再将此话题继续下去，说，你大学毕业？青年说，你高看我了，我是专科毕业，你才是大学毕业。我说，你们这里的人都这么厉害？能猜透人的心思？青年说，我们这里的人？难道你不是这里的人？你像是在自己夸自己啊，开玩笑的，我们都是和你一样的普通人，我说你是大学毕业，是我看出了你的不甘心。我说，那么明显？青年说，当然明显，我们感同身受，我也不甘心，但无用，只能先这么做着。我说，哦。

青年说，我叫晓亮，很高兴认识你。我说，我叫人，同样高兴。青年说，真的高兴还是假的高兴？我说，自然是真的高兴。青年开心不已，说，我们有太多相似的地方，你说我们是不是一个人啊？我浑身一凉，说，你说话一直都是这么充满想象力？

晓亮见来了顾客，说，我先走了，人，以后再聊，你先忙。我说，好的。来人要六条软中华烟，这是一笔大单，看来今日销售额能轻松上六七千元。我从柜子里拿出烟，两条装一个档案袋，分别装好，然后套上黑塑料袋。来人给我竖起大拇指，说，真专业。

我心想，这些都是老板教的，在这方面我可没有这么大的“悟性”，说，感谢，欢迎下次再来。两点到五点间顾客最少，我从书包里掏出书翻看，想起晓亮说的不甘心，哀叹一声，自言自语，空有抱负有什么用。

晓亮再次出现，老朋友一样笑着说，人，用你这里的打火机点下烟，我走得太急，忘记带了。我站起身，从抽屉里取了一个打火机，说，送你一个。晓亮环视四周，偷偷点着烟，放下打火机，说，不要，我店里放了很多。我说，拿着吧，一个打火机没什么的。晓亮摇摇头，快速拿起点着的烟给我看，说，不要，我先走了。

现在我熟练了，下班前十分钟便收拾好，为保险，走出柜台，站在顾客的角度再检查一遍，确定没有哪里遗漏，背上包，超市门口的保安笑着说，回呀。我玩笑着说，回呀，再不回你们催着要关门呢。保安看有顾客急急忙忙地从出口往进走，跑过去阻拦制止。我边走边想，好在今日值班的保安不是勇，不然又得说好多没意思的话，说多了我都不知道怎么接。

经过奶茶店，看到员工也在做下班前的清洁工作，忙活的人中没有看到晓亮，我猜或许是在里面忙活，或到外面倒垃圾去了。坐上扶梯，来到一楼，跟着逛完商场回家的人们出来，走几步后站住，环视四周，霓虹灯围出的各种形状的招牌此时正不遗余力地闪烁着，极力渲染街市热闹的氛围，旁边咖啡店外面的桌椅上坐满青年，他们有说有笑，谈天说地，似乎只有我享受夜的静谧，大概是夜的黑色里有着天然的神秘感，人不用再像白天一样内心充斥着一眼望到头的虚无。

胡思乱想中，感觉后面有人用手拍了一下我的肩膀，我转头去看，不见人，另一边肩膀又被拍了一下，我再转头看，还是不见人，疑惑地回过头，发现眼前站着晓亮，身体不禁一哆嗦，说，吓一跳，搞什么啊？晓亮。晓亮舒展着胳膊，打着哈欠，笑着说，看你想什么想得入迷，逗逗你，我们温吞吞的生活需要这样的惊吓和快乐，这会儿好多了吧。我见眼前人两手空空，说，没好，打碎了我此刻享受着的气氛，我刚路过你们店，店员们正忙着做清理工作，你怎么在这里？晓亮说，昨天是我清理的，今天就先走了。我说，哦，这样啊。晓亮问，忙着？我不明所以地问，怎么了？晓亮说，不忙我们找个烧烤店坐会儿。我拿出手机看了一眼时间，十点十分，说，今天时间不早了，以后吧。晓亮掏出烟，潇洒地点燃一根，抽两口，说，时间不早了是借口，真正的原因是你不想和我一起吃喝说话，因为你觉得我和勇一样，说不出什么有意思的话。

晓亮的话击碎了我自以为隐秘的内心想法，说，你凭什么说得这么肯定。晓亮得意地说，就说是不是？我诚实地说，是，太恐怖了，我的一切你似乎都能看透，不可思议。晓亮说，你忘记我说的话了？我问，什么话？晓亮说，走吧，找地方坐下说，我们都站一天了，不嫌累吗？

我跟着晓亮来到不远处的烧烤店，选了角落的位置坐下，服务员拿过来菜单，晓亮让我点，我说随意，晓亮便看着点了些。我问，你说的什么话？晓亮说，我说得很对，你就是觉得我和勇一样，或者，比勇好一点，再或者，比勇差一点。我说，没有的事，你到底说了什么话，一直打哑谜谁知道，有什么就说出来。晓亮看着我，说，你就不再想想？我说，我想不出来，你还是直接说出来吧。

服务员端上烤好的肉，晓亮打开桌子上放的啤酒，先给我倒，然后给自己倒，说，你压根就不会记得我说的任何话，有些话甚至会引起你的厌恶反感，会愈发引起你想忘记的情绪。我喝了一口啤酒，说，你说得都对，行了吧，晓亮，你都能看透我的心，何必说这么多。晓亮说，算了，我说的话是我们其实是一个人，依照前面的逻辑，这应该是对你最大的羞辱吧。

我确实没有记住这句话，但也没有产生厌恶情绪，从认识他到现在一直都没有这种情绪，包括对保安勇也不是厌恶反感，是不知道怎么接那些话。于是我严肃地说，这个绝对没有，如果你还是通过你那看人心思的本领这么想，说明你看人心思的本领也有不准确的时候。晓亮不置可否，拿起啤酒瓶，说，我们碰一个吧。我拿起啤酒瓶，碰了下，各自一饮而尽。

晓亮有些气馁沮丧。我说，晓亮，不准确是好事，是我们能交往交流的契机，是一个人又不是一个人，就像大画家齐白石老先生后来说的，妙在似与不似间，太似为媚俗，不似为欺世，正好符合你的猜疑和不准确。晓亮迷惑地说，我懂又不懂，不过我觉得你说得对，我们是一个人又不是一个人，前面就说了，你甘心又不甘心做现在的工作，我能看得出，也能猜得到，就我这专科生都不甘心，莫说你本科生了。

我拿起烤肉给晓亮递过去几串，边吃边说，不甘心又能怎么样?生活所迫，必须如此，不甘心和学历关系不大。晓亮喝掉杯中酒，再满上，说，我前年毕业，学的专业是物流管理，刚毕业那会儿学校安排学生到快递公司分货，我跟着去了，想着能挣点钱，可是，唉，人家就是快递多时用你，快递少了就把你晾一边，不用人家打发你，你自己都待不下去。再去找工作，学历太低，没有可做的工作，除非干体力活，可到工地上搬砖，到送水站扛水桶，人家看我身体太瘦，找一些理由打发我。找不到工作跟着同学朋友闲逛半年多，感觉不行，去火锅店做了半年多服务员，无奈火锅店一直亏损，老板资金无法支撑，关了店，我只能另找工作。游荡了一阵，找到现在的奶茶店工作。

我不由自主地说，从这些经历说，我们是一个人，游荡是形容我们最好的词语，相信你家里条件和我也差不多，奶茶店累是累，先做着，其间继续寻找其他更合适的工作。晓亮叹口气，说，我家里条件不好，父母都是农民，种地如今没什么收成，前些年响应政策号召，栽种了果树，果树生长两三年才挂果，那两三年过得真是不易。我姐比我大四岁，那时她高二，我初一，我们俩每周生活费加起来不到四十块钱，这都是父母嘴里挪、肚里挤省出来的。我们俩为省钱，每天馍馍配方便面，这也不敢放开吃，一天就一包方便面、两个馍馍，上午半包方便面一个馍馍；下午半包方便面、一个馍馍，再饿就喝方便面汤。我姐上高三时病倒了，去医院检查，是营养不良引起的贫血。家里人花费了不少钱买药。经济越发拮据，生活越发贫寒。现在想来，人很坚韧，硬是熬过了贫寒的两三年，果树结了苹果才有了收入，经济和生活有所好转。这几年因为种苹果的多，价格上不去，收入少，生活又陷入困境。

嗯嗯，都差不多，我们尽最大努力去过好生活。我不知道说什么好，只能安慰晓亮。晓亮说，命运就是这样，一步慢步步慢，毕业两年多，工作换了几个，没一个能稳定下来的，真不知道如何是好。我说，一样的，慢慢来，要不折不挠，坚持努力下去，总会有好的结果。晓亮将酒倒满，说，不想这些了，我们今晚喝个畅快。我端起酒杯喝尽，说，我们把现有的酒喝完就好了，我路挺远，喝多了不行。晓亮再给我倒上，说，先喝，能喝多少是多少。我借着上洗手间的空隙，到柜台前买了单，虽然自己也没啥钱，但肯定要比晓亮好些。喝到将近十二点，我说，不能再喝了，得回去了，你明天还上班。晓亮喝得多，颤巍巍地站起来，带着醉意说，哦，行吧，今天就到这里，单我来买，等我。我拉住他，说，单我买过了，你住哪里？我送你回去，然后我打个车回去。晓亮推开我，醉眼迷离，皱着眉头，说，笑话，送我做什么，我就在这跟前住着，不用管我，反倒是你，我要看着你上车。我执拗不过晓亮，到路边拦了一辆出租车，坐上后降下车窗玻璃，给晓亮招手，快回去吧，不要再胡乱逛，走路慢点，注意安全。晓亮摇摇手，表示，放心吧，没事。

车开出去，我不放心，从车后窗户看去，已经看不出哪个是晓亮。

回到房子，准备看会儿书，没承想酒劲上来，头疼得厉害，没有洗漱便上床躺下，迷迷糊糊中睡过去。睡梦中听到手机响，以为是在做梦，没搭理，昏昏沉沉又睡过去。没过多久，又听到手机响，我对自己说，这是在梦里，梦里手机来电是无法接听的，不用管，便继续睡。不知怎么，思路忽转，如若不是梦中呢？猛地睁开眼睛，手伸到枕头下摸手机，拿过来看，三四个未接来电，是对班云姐。我赶忙回拨过去，刚响一声，云姐接起，说，人，这会儿打搅你，不好意思啊，实在是有急事，明天我得跟孩子回村上开个证明，孩子后天考试用，我白天把这个事情忘记了，那会儿才想起，麻烦你明天继续上班，我后天上，然后你连休上两天，怎么样？我脑袋一片空白，说，好的，云姐。云姐连说谢谢，不好意思。我说，没事没事。

挂断电话后，我想起云姐说的“这么晚打扰你”，现在不是已经天亮了吗？再次拿起手机看时间，两点二十五分，原来才睡了一个多小时，感觉却像是睡了一个世纪。此时想来，做了很多空无的梦，想起梦中晓亮痛哭流涕，嘴里不知嘟囔着什么；勇被人追着打，从我身边跑过时，还笑眯眯地问我，是不是很有意思？我大喊，有什么意思？勇忽然不见了，春出现，看着我说，要努力啊，人，不然我们怎么能结婚。我说，在努力，放心吧，春，不要想这么多。春拿起一块西瓜给我吃，我接住，红瓜瓤里点缀着黑瓜子，看得特别清楚，比平时都清晰……

有阳光照进窗户，很刺眼，我无征兆地睁开眼睛，是现实，阳光是真的，睡前忘记拉上窗帘了，想起云姐说的事情，赶忙找手机看时间，七点四十五分，还可以躺一会儿，十点商场才开门，去早了也没用。躺到八点十五分，拖着笨重的身体起床，无精打采地来到洗手间，看着镜子里的自己，仿佛有一根颓废树木的根须在身体里蔓延，打开水龙头开关，接杯水，开始刷牙。洗漱完，出来坐在沙发上边喝水边看房间里的一切，我不在的时间里，这些书、家具是一种什么样的状态？如此思索过很多次，皆无答案。拿上要用到的东西，背上包出了门。

商场门等会儿才开，我找人少的地方站住，从包里掏出喜欢的书看，没看两页，勇就出现在眼前，说，人啊，今天怎么还是你上班？我说，云姐今天有事，倒换了一下。勇说，哦，站这里做什么，跟我走员工通道进。我说，没事，这边的门马上也开了。勇拉扯我的胳膊，说，走，咱有特殊通道了。我不想让周围人的目光聚集在我俩身上，于是跟着勇走向员工通道。

路上，勇说，你以后要是来早了，就走员工通道，站那里傻等什么。我说，等会儿也没什么，不碍事。勇转过头，说，你是不是不好意思走？我不狡辩，说，有点。勇大笑起来，说，哎呀，你这，文化人就是文绉绉，走员工通道都不好意思，有什么不好意思的，你是这里的员工，走员工通道理所当然。我想快点到烟酒柜台处，这般话语再说下去又会出现晓亮这样的误解，好在勇没有晓亮那么敏感。

勇看了我一眼，说，怎么不说话了？我正犯难不知怎么搭话时，勇的同事过来，给我解了围，说，勇，队长叫你，你跑哪里去了？勇没好气地抱怨道，哪里去了，一天就是叫我，就不能叫其他人。走出几步还不忘给我说，人，我先走了。我如释重负地说，去忙吧。

来到烟酒柜台，放下书包，拿出钥匙挨个打开柜子的锁，拿出昨日的账单货单誊写对照，然后清点所剩的烟，如果三方数字对得上，就不用再管，如果三方数字对不上，就得细心地检查，看是哪里出了问题。往常是对云姐留下的账单货单，今天是要对自己的，于是格外小心。两遍过后，都能对得上，我坐在椅子上看书喝水，等待顾客到来。

第一单就是大买卖，来人要四条“软中华”，我把烟装在档案袋里，结了账。勇从超市出口出来，懒散地向我这边走来，说，不错啊，这一单就两三千元。我说，卖再多挣再多也是老板的，和咱没多大关系。勇说，我前两天就想给你说个事，但每次要说，话到嘴边又忘掉，今天不会再忘掉了，我和很多人都不愿意说话，和你却能说很多，不知道为啥。我合上书，笑着说，大概是前世有缘。勇说，应该还有其他原因。我想起给春租房子那次，在云上小区遇到的保安柳生，勇和柳生职业相同，难道他们之间有什么联系？勇说，想什么想得那么入神？我说，你认识柳生吗？勇说，也是做保安的？我说，你怎么知道？勇说，听名字很熟悉，像是哪里听过。我说，那是不认识？勇摇头，说，不认识，上次那个事情你知道怎么办了吗？我说，什么事情？勇说，就上次给你说房子那个事情，你忘记了？

超市副经理过来巡查，勇眼尖，老远就看到副经理，托着烟柜的胳膊立马抬起，装作在捡拾烟柜上丢弃的纸张，然后向出口另一边走去。我暗喜，不然勇又要把已经不知道说过多少遍的事情说一遍，我也不好意思敷衍了事地听，时不时还得嗯啊回应接话。副经理离开，勇重新慢慢悠悠走过来，边走边对我笑，眼睛不断地往副经理离开的地方使劲挤弄，意思是，小样，还想逮我，门都没有，看我演技厉害不？我配合着点头。勇的双手放在柜台玻璃上，说，人，就上次那个事，我给我表弟说，赔偿就要房子，不要钱，房子升值快，钱不升值还贬值，你说我说的对不对？我边整理烟边说，是，你说得对。勇得到了鼓舞，说，他不听，你说气人不，说是急着拿钱要买车，我说车是消耗品，买那做什么，不想坐公交车可以打车啊，打车也花不了几个钱，还方便。我说，你这想法好。勇叹气，说，唉，说了他也不听。我另一个表弟，人家做生意，从来不上班，手里存款就有差不多一千万元，你算算，一年利息能得多少，不要说一年，就是一个月利息能得多少，银行利息就按六厘算，一万一年也有六百块钱，一千万元啊，你算算，那是多少，十万元的利息有六千元，一百万元就是六万元，一千万元就是六十万元，平均每月工资五万元，人家还需要做什么工作，根本不需要，我们这一个月拼死拼活连人家的零头都挣不得，你说说。

我故意调侃，说，你表弟这么有钱是好事，你能跟着沾沾光。勇用手往后捋短短的头发，说，锤子，人家才看不上我这种穷人，就是每年过年来看看我爸，将来我爸不在了，人家肯定就不来了，不过也没什么，我上次不是给你说吗，我家那里马上也要拆迁了，能赔偿二百多万元，我家里就我和我哥，我和我哥一人分八十多万元，我爸我妈一人分二十多万元，到时候我花三十万元交个房子首付，十万元左右买辆车，手里留下四十多万元的存款，继续上个班，生活也美滋滋，你说是不是?

我整理完烟，从柜子抽屉里拿出没有看完的书，说，是了，真的，你们那拆迁不给赔房子？勇像是意识到哪里不对，停顿了一会儿，说，我们那政策不一样，只给赔钱，过段时间我周末也能开车回了，可以经常回去，你有驾照没？我知道对方想听什么，顺着对方的思路说，我没考，听说那可难了，我笨的估计一时半会儿考不过。勇兴致高涨，说，我前段时间刚考了科目二，最近考科目三，我给你说啊，那确实难，得多琢磨，就拿左右侧方停车、倒库来说，可是不容易，我们一起练车的学员，很多练八九天都没啥效果，依旧一倒车就偏出十万八千里远，我不同，我练不到三圈，就端正地倒进去，教练惊讶得嘴都合不拢，问，你本来就会开车？我说，我零基础，来之前都没摸过车。教练不相信，说我是装的。我再解释，真的从来没有摸过车，更不要说开了。教练摇着头，说，我不相信。

我说，那可能是你有超于常人的天赋，厉害。勇喜滋滋地说，那真是可能了，我看见车不害怕，心里就觉得能开。有人来买烟，我给客人拿烟，勇走开，去四处走动。

我羡慕勇的无忧无虑，每日都能把事情想得那么美好，或许想象的美好，真能改变现实里事件的走向？我忘了是谁说过，梦里能看到比现实更为清晰的事物，比如，那日梦里，春递给我的红瓜瓤里点缀着的黑瓜子，像被放大镜放大一样。这句话让我心中一直咂摸，久久不能忘怀。我觉得特别有意思，在虚幻的梦里竟然能看到现实里需要用放大镜、显微镜才能看到的东西。想想就觉得神奇。下午勇没有来，换了另外一个保安，我和这个保安只是点头之交，无顾客来，我就坐在小板凳上看没有看完的书。

还是那个感觉，有不知名的人躲在商场的某处看我，我目光搜索几次，皆无所获。我知道这是对方高自己一筹，提前预判了自己的行动和意图。要找个时机，猛不防地看过去，打对方一个措手不及。我装作认真看书，很快，那双眼睛再次出现，这次隐藏在不远处通道的门后，不能再浪费机会，我想起书上看到过的，真正的看并不是通过眼睛完成，而是要用心用意用念，尤其是对付这种来去自如的对手。我闭上眼睛，没有转头去看，顺着心里的意念，目光如电冲过去，看到了对手惊魂未定的眼神和不可置信的表情，这人我在哪里见过？快速思索，是的，上次和春在商场逛，有人故意碰撞我，是的，就是那个人，本以为很多事情像被剪断的线头，到此就结束了，不承想它们仍旧交织着这么多看不到的联系。那个人落荒而逃，我没有去追，闭上眼睛再睁开，忽然感悟到万物流转、恒常变化的道理，原来，流动中才能发现并获得自己想要的。

一七

泉感觉一化的形势在变动，看不见的危机逐步升级，且泥鳅一样狡猾，稍不留神就会从手中溜走，他相信大哥物也是这样的感觉。但有个想法如野火烧不尽一样，不断冒出，大哥是否意识到了危机来临却故意不说，迷惑他，让他放松警惕，然后找机会从他手中夺取权力？可回想过去的种种迹象，大哥的苦恼、犹疑不像是装出来的，也有可能是真的。可是，唉，能纠结拧巴死。泉想不通，只好烦闷地揉头发。不知父亲传给大哥的法宝到底是什么，法宝肯定有一化所有人都想不到的厉害之处，大哥已经得到法宝，为什么迟迟不发挥其功用？

有太多谜团，泉想不明白，只好暂时搁置。为白办学更加便捷，泉决定拿出新发明。学生们带回去提前阅读的纸张，纸张上的文字全是白熬夜写出来的，泉看着心疼，于是找来木头，将其锯成薄厚适宜的木板，用河边捡来的粗糙石头把木板打磨光滑，在上面画出大小相等的方格，画好后拿锯子有耐心地一个一个往下锯。这是个细致事情。不出半月，泉锯出一千多个大小相等的小木块，然后开始搜集字。白把自己能想到的字全部写在纸上，泉边数边查漏补缺，几遍数下来，总共五百四十五个字。泉想着既然要做新发明，就一次性做到最完善、最全面的程度，泉找到上完课坐在房子里看书的物，说了他要收集一化之地使用过的所有汉字，做活字印刷。物放下书，说，泉啊，是你不停地把一化推入深渊，逼入绝境。

你这话什么意思，大哥？泉不解。物不紧不慢地说，你的每个发明都在加快一化前进的步伐，但是，步子太大会扯着裆，爸说过，你现在这个发明拿出的时间至少在五年之后。泉知晓大哥的意思，说，我们现在都在办学，需要用到这个发明，没必要非得按着某个时间来，具体缘由我不说你都清楚，变化流动才是恒常。物冷笑，说，又是这套，你太过激进了，不好，当然，我也管不住你，你让我添补文字，我做就是。泉说，感谢大哥。物说，我尽其所能，我这里填补完你再去找找父亲和太古。泉说，会去找的。物把纸铺展在桌子上，拿出毛笔，蘸上墨汁，一手拿笔一手点着纸上写好的字，挨着往下检查，能联想到的其他字，立刻写在纸上。泉站在边上给物换纸、研墨、添水。

泉拿着物添加过后的纸张，径直走向父亲住处。父亲大地像是知晓他会来，等候在家里，笔墨纸砚准备好，他推门进去，说，爸，我需要你帮忙。父亲伸手示意，不要说，让他把带来的纸张放在桌子上，很快做了对照，添加了自己能添加的字。他想停留一会儿，父亲直截了当地说，泉，我这里无事，快去找太古吧，她知道的字更多，物的想法是正确的，你们拿出发明的速度在加快，一化社会的进程自然就不断提前，这是历史规律，我无能为力，但只顾社会发展，忽略了发展中的矛盾，危险便会加大，而你并没有意识到这一点。泉不置可否。

去往太古住处的道路上设有迷阵，泉试着用白教授的秘诀，“我思故迷阵在，反之，我无思故迷阵不在”。他抽离掉身体上与思考相关的存在，仅凭一具躯体自由地行走，果不其然，顺利通过了第一个迷阵。在过第二个迷阵时，太古的徒弟山出现，说，泉师兄，不用再如此，请跟我来。泉看着眼前像是凭空变出的人，叫道，师兄？山在前面引路，说，莫要叫我师兄，我师父说，你父亲大地是悟性平平的徒弟，你和物是悟性高的徒弟，我们目前只能做些简单的事情，还在领悟之门的外面，叫我师弟便可。泉说，哦，你师父有没有说悟性最高的徒弟是谁？山回头看他，笑着说，没有悟性最高的人，人外有人山外有山这么简单的道理你不懂？泉说，难说，世人的欲望就是要去做最外面的人和最高的山，可惜的是，外面没有尽头，高山也耸入云端，望不见峰顶。山说，非要说一个“最”字，那可能是白了。师父对白很满意，记得师父无意中说过，白和你们不一样，她有自己的使命。泉嗯声，心中疑惑，白的使命是什么？

太古坐在院子里晒太阳，脸上戴着不断变化的面具，笔墨纸砚铺展在磨盘上，泉放下带来的纸张，说，太古师父，打扰您了，我此次来是……太古做出莫言的手势，站起身，走向已经放置好笔墨纸砚的磨盘处，说，你找地方坐，山会照顾你。泉连说，不用照顾，不用照顾，我随便找个地方坐，你们忙你们的事情。太古拿起笔，从容地书写起来，山给他端来茶水。太古忘我地书写，看得出，一化识字最多的就是她，父亲写还要想想停停，她没有，似胸中有万千字，正如泉水一样汩汩流淌在笔端。

山看得入迷，情不自禁地发出慨叹，真是太美妙了，你大哥物梦寐以求想看到的情景，你有眼福啊，泉师兄，这可能也是进入高悟性的法门啊。

泉看不出什么进入高悟性的法门，听山这么说，便刻意让自己去看，看一阵，仍然没有山说的那些。山说，看不见？他摇头，说，看不到。山说，物能看见，白能看见，而且白看见的更多。他问，山师弟，你能否给我指点指点？山意识到自己失言，弯腰致歉，说，泉师兄，师弟无意冒犯，莫怪罪。泉说，我没那么多讲究，不用这般繁文缛节，真心实意想要你指点。

山站端直，要泉靠近些，说，太古师父不是在写字，而是用道用气用心通过毛笔在纸上嬉戏，你不能只看这些文字优美，更要细看，看师父手里毛笔的移动走向，不像是在纸上写，像是在水上或空气上写，再感受周围萦绕的氤氲气息，作为徒弟，我们这个时候既要一心一用，又要一心多用，两者并不冲突，一心一用是要专心感受师父高超的艺术性，一心多用是要确保师父的安全，因为师父这时是沉浸在艺术的海洋里，没有了戒备心。

听山一番话，泉才恍悟。太古书写完毕，手里的毛笔搁在笔架上，自如地走过来，说，泉，等墨迹干了带走。泉说，好的，感谢太古师父帮忙。太古说，这项发明挺好，这时应该出现，能激发更多形而上的学问。泉说，我没太古师父想得这么深远，我想得简单，这个发明一出，就不用一个字再书写那么多遍，而且可以通过印刷实现知识的广泛传播。太古说，你说的也对，一化将进入另一个崭新的时代。泉说，人要活下去，工具只是最基础的需求，终究还是要实现精神思想层面的满足，身体的韧劲正是由精神铸就。太古点点头，让徒弟山把晾干的纸张卷起，说，我只能帮你到这里，其余的就得靠你们自己了。泉感谢一番，离开太古住处。

从太古师父那里获得的字已经足够多了，虽然文字也是随着时间和生产力发展在演变的，但泉现在要做的是先雕刻下已有的文字进行印刷传播。字和木块准备就绪，接下来要做的就是把字刻上去，泉尝试刻了两个，不行，木块的坚硬和刻刀的坚硬难以做到相融，刻第二块时，劲没把控好，还划破了固定木块的左手。

白比画，意思是找物来做。泉心急，一刻都等不得，放下面子，跑到物的住处，推门进去就说，大哥，你能在木块上刻字不？物正在纸上写字，手中的笔停住，说，怎么了？泉。泉气喘吁吁地问，就说能不能刻？物继续书写，干脆地说，不能刻，你不要觉得刻字简单，这也是一门艺术，人使用刻刀，将灵活多变的思想灌注在刀尖上，在木块上刻下笔划，组成文字，人将刻刀和木块连接起来，字在无形中又在手上，很难的，没有一定功力刻不出来。泉认同物说的，问题是现在还能找谁，总不能因为这种困难把这个发明搁置起来吧。

回去路上，泉惆怅万分，字刻不到木块上，再好的想法也没用。真是把泉难住了，离开物的家，泉无漫无目地游走，走着走着，来到当时与情相会的地方，这里没有任何变化，土坡还是土坡，土洞子还是土洞子。

心情难以言说时，土墙后面有黑影闪过，泉当即呼喊，哪个在那里？出来。等待了一会儿，没人回应，想是可能眼睛花了，泉不想在这里多停留，折转身子往回走，没走出几步，再次感觉到土墙后面的黑影在小心翼翼地挪动，泉回过头，直愣愣地跑过去，到土墙跟前，问，谁？出来，别装神弄鬼，我泉最不怕鬼怪。墙后面发出衣裳与土墙壁的摩挲声，黑影逐渐有了模样，说，泉首领，是我，里水。泉看清站在土墙边的人影，说，里水啊，你鬼鬼祟祟在这里干什么？里水低声说，泉首领，其实我一直跟着你，往木块上刻字我能行。泉难以置信地说，你真可以？你不是不识字吗？这不是儿戏，要想让这个发明起作用，刻字至关重要。里水抬起头，自信地说，我是不识字，但我能刻，不信我们可以先刻几个字试试。

难得有人站出来，泉说，试试也无妨，走，现在就跟我去。里水跟在泉身后，泉觉得一前一后走得心里慌乱，便放慢脚步，并排走。里水很不自然，低着头看着脚尖，沉默无言。泉说，里水，你是一化的聪明人。里水说，我无心做聪明人。泉看了一眼身边人，手伸过去拍拍他的肩膀，说，不用拘谨，有什么说什么，你我并无区别，都是生活在一化之地的人。

里水说，感谢泉首领这般真诚，我喜欢字体艺术，刻字是我喜欢干的事，平时没事就找个木头，削光削平，拿铁小刀在上面刻自己喜欢的字，久而久之，刻出了一些心得体会。泉问，什么样的心得体会？

里水逐渐把头抬起，说，我不光在木头上刻，还在石头上刻，不同材质给予我的感觉不同，木头的坚硬和石头的坚硬各有各的禀性，在木头上刻字和在石头上刻字区别很大，材质与文字的纹理之间如何调和，如何用刻刀引导文字笔画走向，从而营造出独特的平衡机制，是有技巧的。平衡和谐不是我们理解的那种均匀。平衡可能也是倾斜，而且这种平衡最具魅力，我经常在不同的石头上练习，现在在木块上刻，相对来说比较容易。这番话，让泉想起太古，说，你有没有受到太古的启发？里水说，太古是高人，我见不到，我就是自己琢磨练习。

说话中，来到了家里，里水拿起大小规整的木块看了看，又拿起刻刀不时比画几下，又走到写着字的纸张前端详，说，泉首领，我先刻两个出来，你看看怎么样。泉说，好。里水找地方坐定，一手拿刻刀，一手拿木块，一刀一刀行云流水地刻画，依着心中的节奏，像是在表演，很快刻好一块，拿给他看，泉惊赞里水的手艺，没想到一化还有这等手艺精巧之人。

里水不好意思地说，泉首领谬赞了，我很普通，你妻子白才厉害。泉说，刻字就交给你了。里水说，感谢泉首领信任。

几日后，木块上的字全部刻好，泉拿着一个个看，很满意，随即找来做好的盘子一样的活字盒，从口袋里掏出写有文字的纸，把白写的一些字用木块上的字拼出句子，固定在活字盒上，刷上墨，在纸上拓印。

看着拓印出来的文字，里水直呼，了不得，了不得，以后识字就方便了。泉说，一化的文化之花将会开满漫山遍野。泉让里水刻了两副，给物送去一副，本以为物会不好意思地推让，不想物却很自然地接下。泉炫耀似的说，此发明好吧？物抚摸婴孩一样抚摸着木块上的每一个字，说，很不错，有了此发明，我们教授知识将容易很多。泉说，那你之前还训斥我拿出的太早。物说，已经这样了，我无法阻止你，便只能顺着事情发展的走向走下去。泉说，那是，给你拿来也是为我们公平竞争，不然后面我赢了，大家会说我利用了此发明的便利。物说，感谢你，泉，不过最厉害的发明不是这些实在东西，而是我们借助这些实在东西推动一化的文明进程。泉由衷地赞同大哥的这种说法，点着头说，是这样，我们都在教授知识，找个时间我们何不互相交流一番。物说，好啊。

一八

物发现一个有明心见性慧根的学生，简单交流几句就收为学生。学生名字也好，叫境子，物想到他后面是否有高人指点，经过一番调查，没有查出什么。找来父母问，境子母亲说，当时怎么起的这个名字，现在想不起了，好像他爸就那么随口一说。境子父亲说，差不多，好像就是我随口一说，然后就叫了这名字，怎么了？不好？物说，没有没有，挺好的。好多东西可能是上天冥冥中注定的，生前就安排好的，没法说来龙去脉。

境子十四岁，领悟力了不得，物带着他去山上采药，走到一棵歪脖子树前，站住歇息。物打量着树，想考考境子，说，这棵树一无是处。境子围着树绕转一圈，说，您说的对，老师，它一无是处，后面树干已经被蛀虫掏空，基本就剩副空皮囊了，我不想说这是无用之用，不想说无用之用是大用，这些皆太空太大，我想说些较为具体的。物期待地说，你说，我在听。

境子指着树干和枝叶，说，我在意的是其生命力，纵然树干已是空皮囊，枝丫也茂盛，绿意十足，能如此，一定是经历了其他正常树木没有经历的痛楚和煎熬，树本身已没有那么重要，而树的灵魂永存，也有那种忘记了身体的意思，这是真正的境界，不迁就谁，没有有为的目的。物看境子话语停住，问，说完了？境子说，说完了。物意味深长地笑，说，你没说完，境子，你是不是想再说，但又觉得说太多不好？境子如实说，是这样，老师，请您理解。物摆摆手说，不打紧，不打紧，能理解。二人采完药便回去。

有一次下课，物留下境子，把朴散叫到跟前，说，以后境子就是你的老师，你有什么疑问就找境子。朴散点点头，弯腰鞠躬，双手抱拳，说，境子老师好，以后请您多指点。境子惊慌地说，不敢不敢，我们互相学习，都是物首领看得起，我也只是一个学生，知识无涯，人生有涯，我需要学习的知识很多。物直接说，境子，你太谦虚了，我有一个想法，不知可以不可以说？境子笑起，说，说吧。物说，从你这反应我就知道了，你老师太古近来如何？境子笑得更大声，说，物首领果然是物首领，太古老师很好，让我代她向您问好。物说，她派你来大概是觉得我这里教授知识的进度太慢，让你来推进？境子说，这个就不知道了，我只是听着命令过来。

物再要说什么，只听一声巨响，所在的处所都跟着震颤，境子拉着朴散，呼喊着，物首领，快走。物跟着跑出去，来到打谷场，看四处有人皆向这里跑来，不一会儿便聚成一团。

泉拨开人群，走到物跟前，低声问，怎么回事？物满脸困惑地说，我也正纳闷。泉派了四队人寻找发出声响的地方。安扶着大地往这边走来，物和泉看到，跑过去帮忙。人们依着自己的猜想，议论不止。大地低声对物和泉肯定地说，是爆炸。物迟疑地说，爆炸？泉说，什么爆炸？大地说，炸药，我一直没想好要不要拿出的发明，你们不知道它的威力，二三十斤炸药就能将我们这里夷为平地。物被吓着，说，这么厉害？泉说，这么厉害的发明，你没拿出来，难道是有人自己研制出来了？大地说，没这么简单，看出去搜寻的人回来怎么说。

为安抚人心，大地站到宽大的石头上，说，少安毋躁，没什么事情，是打雷，各自忙各自的去。人们半信半疑，不愿离开。有人说，青天白日怎么可能打这么响的雷？大地说，天上的事情谁都说不来，如果我们连天上的事情都知晓了，那我们就是神仙了。有人说，这么奇怪的雷响彻我们一化上空，是否意味着一化将有大事发生，或是我们一化人做了什么不好的事情，惹怒了上天？大地没想到人们会揣测到这些方面，说，没有没有，我们一化人善良正直忠诚，雷声是自然现象，与我们一化人无关。有人说，这个解释多少有些勉强吧，我们心神不安，万一后面再有类似的雷声怎么办？最可怕的是万一再有什么危险怎么办？大地说，放心吧，我们一定会调查清楚，给大家一个准确的答复。

人群迟疑片刻，散去。大地一行人来到物办学的地方，安找地方让大地坐下，物招呼来妻子喜鹊，让她就地烧些热水，白不知何时过来的，站在泉旁边，泉惊讶，用唇语问，你什么时候来的？白一脸严肃，用手比画自己要说的话。泉不敢相信接收到的信息，用唇语重复一遍，白认真地点点头。泉环视一圈，没有发现太古的徒弟，心想，没看到并不代表不存在。出去搜寻的四队人陆续回来，有两队一无所获，有一队找到了发出巨响的地点，有一队还抓到三个可疑的人。大地说，先确定那三个人是不是一化人？物过去看，边走边说，肯定是一化人。泉捕捉到父亲话外的意思，说，先看看再说，是一化人最好。三人跪在地上不住地哀求，大地首领，物首领，泉首领，我们不是坏人，我们是咱忠诚的一化人，巨响我们也不知道是怎么回事，真的不知道，就那么响了……

三人说得混乱，大地说，一个说完再一个，不要急。泉说，对，挨个说。一人说，都怪我，一切事情都由我引起，我太贪婪，动了小心思，前段时间，我在刨地，挖着挖着，感觉到不对，镢头片子好像碰到了什么坚硬物，发出刺耳硌牙的声响，我深挖下去，一块石头从土里露了出来。我挖出来，想着石头里会不会裹着金子，就把它放在火上烤。觉得一个人忙活不过来，便叫他俩加入，不信您问他俩。

旁边跪着的俩人说，对对对，就是这样，我们真不知道会发生巨响。我们把挖出的石头拿到边上的山洞里，生起火烤，谁想发生了这样的巨响。物问，这么大的巨响你们怎么没受伤？一人说，我们离开了，听到巨响时，我们也不知道是山洞里发出的，直至你们派出的搜寻队找到那个山洞，又查到我们，我们才知道。物说，你们在说谎，话语里漏洞太多。三人央求着说，请首领们明察，我们说的句句属实，不敢撒谎欺骗。

白用手偷偷拉扯泉的衣裳，泉看着白，白唇语一番，泉点点头，问那三个人，你们三人觉得烤的那石头为什么能发出巨响？三人面面相觑后摇头。大地打断了问话，说，好了，你们回去吧。三人千恩万谢后离开。等三人走远，物说，爸，他们明显在说谎，你为什么要放他们回去？大地说，他们不会说真话的，你们两个派得力人手悄悄跟踪监视他们的动向，如有异样之举，随时回来报告。物和泉当即作了安排。大地喝口水，长出口气，说，一化要变了，我多么希望他们说的是真话，可惜这是用成熟方式制作的炸药的爆炸，而且炸药极可能用在了别处。物拿来苹果让大家吃，说，用在别处是什么意思？大地哀叹一声，没说话。

入夜，各自回家，泉看出白知晓其中许多未言出的东西，便用唇语说，我感觉到了你的害怕，白，告诉我，你在害怕什么？白用唇语回答，炸药的出现意味着要发生翻天覆地的变化，爸担心的应该是火药被用作武器。泉大惊，用唇语说，武器？白用唇语说，对的，就像今天的爆炸，我们后晌去现场看过，何其惨烈啊，山洞被炸的稀碎，地上出现大坑，你想，这是烧块石头能炸出的吗？而且他们三个人没有受任何伤。泉用唇语说，你意思这是用炸药制作的武器所为？白用唇语说，这样的武器我在来一化之前见过，能在很远的地方打败对方，杀伤面积很大，刀剑在它的面前就是一堆废铜烂铁。泉用唇语说，那怎么办？白用唇语说，不管怎么样先弄清楚那三个人最终的身份以及受了谁的指使。

泉坐起身，溜下炕，穿上鞋，用唇语说，不行，我得亲自去看看，及时掌握最新信息。白示意，万事小心，如遇危险，走为上计。泉笑了一下，出了门。

半路泉遇见物，没有过多言语，一同前往那三个人的住所。没到跟前，二人派出去的心腹发现响动，警觉地站出来，泉低声说，不要紧张，是我和物。手下听出声音，说，这边。泉和物轻手轻脚过去，刚要问有没有什么发现，看到太古的徒弟山，山说，师父不放心，派我过来。泉说，也好，也好，没想到太古师父对此这么重视。山说，师父还派出了其他徒弟，去了其他地方观察。泉自言自语，看来这次的形势真是不容乐观。物说，很严重？泉说，得我们团结起来抵抗，至于结果如何，不得而知，只能走一步看一步。物说，一化之地不会这么脆弱，多少年了，一直和平，这次也不会有什么变故，一定是虚惊一场。泉说，但愿如此，不过就目前的情况看，可能性很小。

两三天蹲守观察，没有任何发现，泉和物及其他人，都有所懈怠，觉得巨响真如那三个人说的，是偶然发生。泉想问太古徒弟山的意思，找寻一圈没有见到山的身影，他不知何时离开了，泉越发觉得事情远没有表面的这么简单。物没了耐心，招呼蹲守的人回去，泉的心腹看向他，他只能示意跟着回去。泉拖拖拉拉走在后面，想着山说的话，太古还派出其他徒弟去了其他地方。又想着从自己记事以来，父亲大地从来没有如此慌乱紧张过。肯定不对，但到底哪里不对，他现在说不出，回去问问妻子白，于是，加快了回家的脚步。

一九

想起深说的那个感知到的瞬间和声音可以用“空”来形容。“空”自古以来被用过太多次，无奈找不出更好的字词来表达。后来不断琢磨，我其实想到了一些能进一步阐释“空”的意象和字词，比如沼泽，比如海洋，比如气氛，比如神秘，很多很多，都能描述“空”的些许内容。

炎炎夏日的早晨只要太阳一露头，整个世界便干得冒烟，人在其中不动弹都汗流浃背。八点四十五分出门，赶九点那趟公交车，过了上班高峰期，上去还有座位。我找靠窗户的位置坐下，边听歌边无精打采地看着窗外，整个世界都处于有气无力的状态，蔫头耷脑地运转着。车子慢悠悠地开着，每到一站，有人上来有人下去，车门在吱呀咣当声中打开关上。

时间黏腻浑浊地流淌着，我约莫着已走过一半路，打起精神看车窗外，公路、行人、车辆、高楼。又过了一会儿，我重新打起精神看外面，还是公路、行人、车辆、高楼。想也是，城市就这些景观，重复相似再正常不过。不自觉中睡过去，睡梦中，我看到了躲在暗处偷看自己的那个人，我快步追上去，那人觉察到有人追来，也加快步伐，似乎是察觉到我越追越紧，便跑起来。我顾不得其他，竭尽全力地跟着跑，由大路追到小路，小路追到巷道，巷道追到木材厂。那人洋洋得意地站在巨大的圆形木板上，看着气喘吁吁追来的我，浑身散发着嚣张气焰，我意识到了他在引诱我追他，但后悔一个人单枪匹马已来不及，只能壮着胆子去面对。

眼镜上落了一路跑来没顾得及擦的尘土，我摘下眼镜故作淡定地边走边擦，说，你是故意引我到这里？那人的身影模糊，为看清他的长相，我戴上用衣角马虎擦过的眼镜，奇怪的事情出现，眼前人形不仅没有清晰还愈发模糊了，我不甘心，尝试走近一些看。两人距离不到八九米时，模糊的身影和脸庞突然清晰，那人脸上戴的是唱戏戴的花脸面具，我愣住，不可思议地说，你是……你是，你是那天在公园小树林，小树林里出现的那个人？那人哂笑，说，你觉得呢？我强迫自己镇定，僵硬的腿脚沉重地迈出，说，我在问你。那人说，靠近些看。我豁出去，走过去，同样站在圆形木板上，说，我觉得是。那人说，确定吗？我犹豫了一下，说，确定。那人微张开嘴巴，舌头舔着后牙槽，笑着点头，说，确定就好，确定就好啊，准备好了哦，要来了。我皱着眉头，不解地说，什么准备好，什么要来了，什么……没等话说完，脚下的圆形木板转动起来，那人诡异的面具脸随着木板转动飞快地消失了。

我晕头转向，眼睛里满是虚无恍惚，肠胃里酸水泛起，直往上涌，眼看要吐出来的时候，人醒过来。车上人稀稀拉拉，我清醒了一下，拿出手机看看时间又看车窗外，担心自己坐过站了，尽管自己是倒数第五站下车。时间过去四十多分钟，窗外还是熟悉的景观，还有半个小时才到站，虚惊一场。悬着的心落下，回想起看到的窗外景观，不对，肯定不对，怎么感觉这次看到的与前两次看到的一样，怎么回事？我看对面座位空着，借着倒换座位瞬间，先看开车司机是否正常。司机专心致志地开着车，车到站也有人上有人下，一切都正常啊，我想着要不要下一站下车？可做出这个决定的大脑就是不给肢体派发下达指令，什么情况，自己都不能掌控自己的身体了吗？

公交车开始频繁转弯变道，走进许多陌生又难以说出特征的道路，我不管这些，再这样下去就要迟到了，干巴的嘴唇用舌头湿润，深呼吸几次，说，师傅，您变更路线怎么不通知我们？又遇到转弯，司机边打方向边说，变更得突然，没来得及说，不好意思啊，我也是临时接到的通知，不过请你们放心，不会影响你们上班的。我说，怎么会不影响，变更路线意味着下车的站点变化了，时间肯定也不对了。司机从后视镜看到我，说，下车站点和时间都不会变，请放心，你用的是常人的思维方式，不妨试着用一种新的思维方式思考。我惊异地说，你们这是在临时排节目？还用新的思维方式，新的思维方式是什么？司机向左打方向，说，这个得你自己想。

我想了一会儿无果，说，你是故意左转右转地开车，走比原来复杂百倍的路线，让我们眩晕，对不？司机要回答，我抢先一步，说，你先不用回答我，我还没说完，眩晕的目的是创造神秘感，是不？司机沉默十几秒，说，说完了？我说，暂时说完了，再说就需要你给我线索。司机说，我给不了你这些，我就是个开车的。我说，创造神秘感是接续前面流动变化的意象。司机把车开到熟悉的拥挤的马路上，我要下车的公交站台出现，只听司机说，过了红绿灯你就该下车了，带好你的东西。我忽然在乎起车上其他人的反应，不知道他们有没有对我们这般奇怪的谈话产生厌恶嫌弃之感？环视一圈车厢，空空荡荡，那会儿稀稀拉拉坐着的几个人不知何时已经下车了。

下车后，我看了一眼时间，离商场开门还有十分钟，看到路边有蛋糕店，过去买两块蛋糕，当作午餐。商场开门，跟着人群进去，来到超市烟酒柜台前，放下背包，拿出钥匙开柜子，刚打开两扇柜门，云姐出现，惊讶地说，人，你怎么也来了？我迅速回想昨天自己有没有来上班，确定昨天在家里窝了一天，说，云姐，这话应该我说吧，昨天你不是刚上过班吗？云姐摸着头说，有吗？我开完柜子，打开收银台和电脑主机，说，不信我们看昨天的结算单子。云姐从抽屉里拿出结算单子，果然，上面写着她的签名，说，唉，年岁不饶人啊，记性先开始下降了。我说，没事，就当来逛逛。云姐说，这样，人，今天还是我来上班，免得你再多核对一次，你们年轻人可以随时约出去玩，我这中年人，既来之，则安之。我说，也行了，我找朋友去玩。

重新背上包，与云姐道别，往扶梯处走，路过晓亮上班的奶茶店，突发奇想，买杯果汁喝，顺便看晓亮在不。点了要喝的果汁，等待制作中，搜寻晓亮的身影，狭窄的操作间没见到晓亮，便随意地问，晓亮今天没来上班？正忙着制作果汁的女孩说，晓亮已经好多天没来了，不知去了哪里。站在电脑前负责收银点单的女孩接住话说，是啊，有十几天了吧，先好像说是请假，后来听店长说是辞职，也不知道是怎么了。我说，奇怪了，在你们这不是做得挺好的吗？储物间整理杂物的女孩出来，说，是做得挺好的，不知为何就不来了，想不通，其实我们这里工资还不错，就是有些忙。果汁做好，我接过，说，真让人捉摸不透。

离开奶茶店，边喝果汁边往前走，坐扶梯上到一楼，出了商场大门，环顾四周，不知去哪里，给云姐说的找朋友玩，不过是不想让云姐提议落空的借口。犹豫一阵，最终决定回住处看书写作，过了马路往一二百米远的公交车站走，快到时，迎面走来戴着帽子低着头的人，他的手如闪电一样伸进我的口袋，手机被摸走了，我快速反应过来，喊道，大白天就敢偷手机，无法无天了，站住。那人没听，走出几步撒腿便跑，我把背包的两根肩带一拉，百米冲刺地追上去，对方很狡猾，在我眼看快要用手抓住他时，身体一晃，衣角又从我指缝中溜走。我看到对方在马路边站住，回头看了看我，果断地窜进旁边巷道交织的城中村。

我想起公交车上似梦非梦的那个事情，难道梦境成真了？我跟着追进去，会不会也出现戴面具的人和圆形木板转盘？我说不准，七扭八歪的巷道让我来不及想太多，至少要追上他，不然就成了深陷泥沼的挣扎者。没想到对方跑进了死胡同，我边慢慢逼近边说，看你还往哪里跑？跟我斗，你还嫩点，快快把手机拿给我，要不我就报警，让警察来处理。对方只低着头不回答，也不动，我恍惚以为这是在梦中，咬了一口自己的手，有痛感，是真实的，便继续吓唬他，一般人不是我的对手，跟我玩这个，除非你有三头六臂。我一边说一边小心翼翼地靠近他，快要碰触到他的帽沿时，他的头突然抬起来，一张刻意扭曲的脸出现，舌头伸得老长，我被吓得倒退几步。

是晓亮！他看着腿脚踉跄的我，笑得前仰后合，说，人啊人，这就吓着了？我看清是晓亮，站稳脚跟，端直身体，责怪地说，开这种玩笑，真有你的。晓亮一边把手机还给我，一边说，我真是太无聊了，你不知道的无聊，很空很空那种虚无的感觉，空得像这个城市，看似人来人往热闹非凡，却无比虚假，生命在其中被消磨，被轻薄。

我说，我能理解你说的感觉，我们在腐烂，一遍遍地腐烂，一遍遍地展示给自己看，前途不明，我们在消失，重量被吞噬，我们越来越轻浮，大道理张口就来，说天说地，却丢掉了成为真正的一个人的欲望，剩下动物的本能，变成了没有文明的人，看似成熟其实幼稚。

晓亮激动不已，说，你说得太好了，人，就是这样，我不知道自己想要什么，这里那里只不过是在游荡，我不在乎，也无人在乎。我示意别站在这里，让别人看到会觉得太奇怪，招呼晓亮离开，边走边说。

我走在前面，晓亮跟上来，并排行走，说，奶茶店的工作我干够了，无尽的重复，我知道每份工作都一样，都是无尽的重复，但我就是想换换，可能是想获得换工作间隙的停顿。我说，我们跌落于困惑的漩涡，一直想爬出来，一直爬不出来，你说的这些很对，我们停留不住，就像水，一种流逝的阒静，似乎为永恒，可内部跳跃着数不清的生命，流动和静寂同在。不说这些深奥的思考了，还没问你现在以什么为生？晓亮指指不远处的公园，说，我们去那里，然后我给你慢慢说。

进入公园，难得的安然，晓亮说，从奶茶店离职是早有的想法，只是没有找到合适时间走，那天我感觉是时间了，就给经理发了消息，经理没多问，当即同意，结算了工资。我在城中村的小宾馆住了几天，觉得没意思，还是得有个活干，不然每日懒惰得像蛆虫，自己都恶心自己，加上城中村的环境那样杂乱，更心烦。无事在巷道转悠，看到公告栏里有台球厅招人的信息，我用手机拍照，回去后打电话过去，老板说，上一天休一天半，每月工资底薪四千元，抽成是超过四千元，每四千元抽一百元，平均下来每月可以拿到五千元，不管吃不管住。我欣然答应下来，第二天便过去面试，可能是店里缺人，一面试就中。你走累了，我们可以找地方坐会儿。

不累，你继续说。我说。晓亮接着说，当天夜里就开始上班，先跟着学习和熟悉店里环境，这种没什么技术含量的活，不到两天我就全部熟悉了。没多久，一个人出现了。

那天我还是上夜班，大概十一点多，只有两个球台亮着灯，我坐在柜台后面看手机，看着看着有些瞌睡，打起盹来，刚要趴下眯会儿，有人开门进来，我起来，摇摇头，甩甩浓浓的睡意，头也不抬地问，打球？柜台被人轻敲了几下，一个女人的声音响起，说，开一个台子，要一壶绿茶。

眼睛看电脑有些模糊，我搓揉几把眼睛，说，开了，三号台子，绿茶要什么茶？女人说，拿你这里最贵的绿茶。我说，好的。女人站着看我冲泡绿茶，在我转身要给她端过去时，她问，你是见素，对不？我说，你是谁？女人说，你就说是不是，我敢说我没有认错。我初高中那几年确实叫见素，但此时对眼前的人着实没有印象，说，是的，可是你是谁啊，不好意思，我实在想不起，请谅解。女人说，你慢慢想，我会在这里待两三个小时，想起了随时给我说。

我想说什么，门里进来一个中年男人，径直向女人这边走来，我只好把话咽回去。女人撒娇地嗔怪男人怎么这么久才上来。男人说，车不好停，找了好一阵车位。女人说，台子已经开灯了，今天我得让你看看我进步得有多厉害。男人坏笑着说，真的有那么厉害？我不信，我得试试。

两人往台球案那边走去，我清楚地看到男人伸手搂住女人迷人的细腰，使劲往怀里揽，女人抬头娇羞地看着他，很低声地说了什么。男人松开，顺手在女人性感翘起的屁股上摸揉，女人用手推开，压低声音说，太坏了，有人呢。男人不避讳地说，有人怎么了，我自己的女人，想怎么摸就怎么摸，再说，男人不坏你们女人爱吗？我过去给他们摆好球，男人开了球。想起柜台上放着泡好的绿茶，我过去端了来，又拿两个杯子分别放在桌子上，问，你们自己倒还是我给你们倒？

男人边打球边说，你给我们倒一杯。我给他们倒好，回到柜台后面坐下，不时站起来偷偷看女人的容貌，无奈怎么想都想不起，如果见过应该能想起，不会像现在这样记忆空白。另外两个台子的人，一个小时后陆续离开，就剩他们，我瞌睡得撑不住，趴在桌子上小憩。等再醒来，边舒展身体边探出头看他们，男人肆无忌惮，不是摸女人屁股就是摸胸部，更过分的是，女人弯腰趴着打球时，男人故意走上前，身体挨近，用下体顶女人屁股。女人也不多反抗，警惕地环顾四周，担心有人看到，偌大的台球厅里只有我们三个，有人看到不就是我吗？两双眼睛发出的视线相撞，女人迅速将目光收回去，伸手推开男人，男人看向我这边，脸上写满不屑与蔑视。

二〇

晓亮说，为反抗，我苦思冥想，终于有了办法，打开手机视频软件，找到有着警告意味的视频，放大音量播放，男人闻声望向我这边，放下球杆，径直向这边走来，女人直起腰，看着男人和我。我豁出去，无所畏惧，心想，要来就来，谁打得过谁还不一定呢。男人在快要接近我时，突然身子一转，你猜去了哪里？

我听得入迷，没反应过来，沉默着。晓亮说，这都猜不到，去了洗手间啊，原来这狗日的也是个纸老虎，不堪一击。硬碰硬谁都怕，不然人们说，横的怕愣的，愣的怕不要命的。这样一来，我这边士气大涨。男人出来，经过柜台时，说，现在这个茶不好喝，换个其他的。

我说，我这里没什么好茶，这已经是最好的茶了。男人从口袋里掏出一小袋茶，放在台子旁边的桌子上，说，泡我带来的这个茶，尽快换，等着喝呢。我重新烧水，拆开男人给的小袋茶，倒掉原来的茶水，水热后重新冲泡上。

中间，男人出去接电话，女人端着茶，走过来，边喝边说，见素，想起没？我想起那会儿看到的情景，对眼前人不由地厌恶起来，说，想起想不起又有什么，我们认不认识重要吗？女人看出我的厌恶，妩媚地说，吃醋了？见素，果然像名字那样，只能见素的，不能见荤的，咦，你是不是荤腥不沾啊？见我还是不说话，便伸手过来，捏捏我的胳膊，说，哎，你看看我，抬头看看我，看我美不美？你看都不看我，怎么知道我是谁？快，看看我。

我不耐烦地往后退半步逃避，防止男人进来，看到我俩这样，我就说不清了。我厉声说，你有什么好看的，想不起就是想不起，你可能认错人了，我不叫见素，我叫晓亮。女人笑着说，不敢看就是想看，还嫉妒吃醋，你肯定特别喜欢我，所以才气急败坏，对我没有好脸色。我说，你别自作多情，你对每个男人都这样？

女人没接话，转身向着球台走去，独自拿着球杆打了一阵儿，男人才回来。两人又打了半个多小时台球，男人哈欠连天地说，今天就到这里吧，我们回去睡觉。女人说，好的，你先下去开车，我来结账。

男人潇洒地出去，女人倒杯茶，站着不紧不慢地喝完，放下茶杯，故意扭着腰肢走过来，问，我穿紧身牛仔裤好看吧？接着又用手摸了摸身上那件贴身的针织短袖，调笑道，应该是你喜欢的类型吧？我说，连上茶水钱，总共一百三十五元，你扫旁边的二维码支付就可以。女人边扫码支付边说，你是喜欢我头发现在这样盘着还是喜欢放下来？音响里响起："微信收款二百元。"我说，你支付多了。女人说，小事情，多出来的当作你的小费，大半夜上班不容易的。我倔强劲上来，从抽屉里找现金，说，不必了，多的钱我退给你。女人拿起柜台上的笔，在我给的结账小票上写下手机号码，丢在柜台后的桌子上，说，想起了，打这个电话。然后转身离开。

抽屉里只有五十元和一百元，没有其他零钱，导致我没有把多余的钱给女人，恨啊，我可不想让她以为我是贪图小便宜，装模作样地找钱。后半夜没有人再来打球，我趴在桌子上眯了一会儿，醒来，然后再眯了一会儿，再醒来。这般熬到六点多，我站起身，拿了扫帚簸箕，清扫地面。清扫完再用拖把拖一遍。等地上水渍蒸发干，我用干净的抹布把球台桌子柜台这些统统揩擦一遍。七点半左右，对班来接班，交接后，我便下班了。夜过去就过去了，从店里出来后没有什么睡意，在巷子里闲走，走累了买一份早餐回去。坐在租住的便宜、逼仄、阴暗的宾馆房子里吃完，疲惫和睡意在饱腹的刺激下活泛起来，我顺势往床上一躺，便呼呼睡过去。你是不是累了？这里有小商店，我给咱每人买瓶水，你想喝什么？晓亮问。我说，不累，再走两圈，我随便喝什么都可以。

晓亮买了两瓶矿泉水，递给我一瓶，说，我倒是说得有些口干舌燥，你还想不想听？我是不是说太多了？如果不想听我就不说了，这也是些没什么意思的事情。我说，有意思呢，你继续说。

晓亮喝口水，说，睡醒后摸到枕边的手机，看了一眼时间，不到十二点，放下手机后看着憋闷的漆黑发呆，发霉潮湿的味道笼罩着我，让我心生无尽的失败感，身体在跟着霉变，长着又长又黑又密匝匝的绒毛。可笑的是我还能意识到自己是个人。不一会儿，身体里的欲望张牙舞爪起来，冰冷的身体被燃烧，滚烫燥热，想起昨晚打台球的女人被男人挑逗抚摸的场景，从口袋里摸出写着电话号码的小票，拿起手机，将电话号码存入通讯录，随即搜索添加微信，添加请求发过去，没想到很快就通过了。我没着急聊天，而是翻看女人的朋友圈里的照片，不得不说，真是各种搔首弄姿啊，助燃了我身体的欲望之火，自己便开始动手，看着照片边幻想边消解欲望。

八九分钟后，欲望像漏气的气球，胡乱软蔫在地上。空虚感席卷全身。我给她发了一个微笑的表情，几分钟后她回复过来问，你想起我叫什么了？我回复，没有，暂时想不起就想不起吧，我可以给你起个我觉得好听的名字。她回复，好啊，你起。我思索了一下，发出信息，就叫青青，怎么样？可她还在纠结我知道不知道她真名这件事，回复，你是故意装作不知道，对不？我回复，没有啊，是真想不起，怎么了？她回复，不管你是故意还是无意，我就觉得你知道。行吧，青青这个名字我接受。我回复，你在做什么？她回复，我坐着喝茶玩手机，你呢？我回复，我在暗无天日的贫民窟里睡觉，刚醒来，想起你留的纸条，就试着添加微信。她回复，好想来你的贫民窟感受感受。我回复，别来，贫民窟的环境气味你受不了。她回复，哪天有机会来体验体验，你下午有事？我回复，没事，怎么了？她回复，我们见个面？我回复，好，反正闲着没事，我们约个地方。她回复，半个小时后在环山路的大鼎转盘处见，怎么样？我说，可以，不过半个小时有些不够，我打车到那里至少得四十多分钟。她回复，那在山水庄园外的路边见怎么样？那里近些。我发，好的，山水庄园外的路边见。

我坐起身，下床拖拉着鞋到门口的开关处，按开灯，洗漱完毕，换上干净衣裳和鞋，出门下楼后一路小跑到巷口，拦了一辆出租车，花费三十四分钟来到见面的地方。路边停着拉风的天蓝色跑车，我不敢上前，打电话过去，她接起，说，你到了？我说，到了，你呢？

电话挂断，她从跑车上下来，一身休闲打扮，但依然妩媚动人，脚踩一双厚底运动鞋，兴高采烈地走过来，问，怎么，又不认识了？

我不知怎么的，脸唰地红了，说，没有没有，刚见过怎么能不认识，我又不是鱼，只有七秒记忆。她调侃着说，那可说不来，你很紧张吗？我故作轻松，说，没有啊。她笑着说，你就是嘴硬，紧张说明你在意我喜欢我。我说，怎么还是这样，你一直对自己的容貌都是这么自信吗？她说，这话说的，你们男人喜欢啊，我能怎么办，上车吧。

我跟着她上车，她发动车，一脚油门就开出去了。她开得快，我说，我们不急，慢点开，安全第一。她说，飞驰的快感，你不喜欢？我说，我是说注意安全，算了，我们现在去哪里？她笑了一下，说，去我那里喝茶聊天。我说，你那里离这里远吗？她说，不远，跟着我走就是。我不再说话，看车窗外流逝的风景。

不久，车开进山脚下的村子里，在一户人家的大门前停住。她说，到了，下车吧。我解开安全带，拘谨地下了车。她开了院门上的锁子，我们一同进去，院子里可真不错，充满了艺术气息，这院子的主人一定是用心布置过这里。砖墙墙根放着石缸，缸里生长着不知名的绿色植物，开着花，墙上挂着装裱好的书法字画。她说，后院还有菜园子，等会儿带你去看，先上楼喝茶。

楼上三间房子，里面相通，是单元楼房里的结构布局，她布置装饰得简单有趣，墙上挂着她喜爱的导演、作家、画家、音乐家、书法家的照片，有一间卧室做了书房，放一张精巧的木桌子和两把椅子，几面墙都放着书架，书塞得满满当当。客厅很大，放着三人座小沙发，沙发前放着木头茶几，以及几件日系和古风风格混搭的家具。

我在房子里转一圈，她坐在沙发上给我泡茶，说，怎么样？不错吧。我说，很不错，这是你租的？她说，是的，租了三十年。我说，你做什么工作？她倒出泡好的茶，给我端一杯，说，我没什么工作，自由职业吧。我羡慕地说，真好，不用按时按点上班。她说，不用羡慕，你也可以的。我叹着气说，我，很难很难，几乎不可能。她示意我喝茶。

茶喝好，两人呆坐着也不是事，为缓解随时尬住的气氛，我说，我们要不出去转转看看？她说，你真是了解我，咱俩心有灵犀，我正有此意。我说，我都没想起你是谁，我怎么能特别了解你，除非前世有过交集，或者前前世，就是注定的那种。她说，你这样一说还真有可能。我不知说什么好，好像说什么她都能黏上来，便起身下楼，出了院门，她跟着出来。坐上车，她说，我们去南山那边吧。我点点头。她发动车，开向南山。

车停在一个农家乐院子，女人也没有和院子主人说，我也不方便提醒，猜想可能她与这家农家乐老板很熟络，所以用不着多言吧。我俩一同走在山道上，这是进山的唯一一条路，起初只是说来南山，但没有说具体地方，于是我忍不住问，我们是去山上的哪里？

她说，随意走吧，走到哪里算哪里。我说，前面路边就有去观致寺的小路，你看要不要上去？她看着路旁边沟里的河流，说，观致寺还挺高的，今天我走不动，要不我们去下边的河里耍耍水？我说，可以，我都行。

找了一条能下到沟里的路，下去后，她先是拣河边的鹅卵石玩，我也跟着她弯腰拣石头，发现河边有许多说不出质地的石头，石头上自然形成的纹理图案，真是灵动。我拣了两块拇指大小的，她拣了八九块拳头大的，装在塑料袋，看她提着很费劲，我帮忙接过来，她还想拣，自言自语着，真是太好了，把这些石头放在院房里，整个环境瞬间就自然许多。我说，可惜我们拿不了多少。她说，是啊，现在这些都够重了，真想把整个河道的石头都搬回去，不过这样是不是太贪婪了？我说，不贪婪，因为根本就搬不回去。

看到有一处水清浅，她蹲下用手掬起水，扑打在脸上，说，心旷神怡。我刚想说话，突然她大叫一声，很快又压低声音，我提着石头叮叮当当地往过跑，她转过身示意不要跑，轻手轻脚走，尽量不要发出声音。我遵照她的意思，小心翼翼地走过去。她说你看，水底有两条通身泛着蓝色的鱼。我还没看清，只隐约看到有什么东西从眼前滑过。她说，都怪你，喊那么大声，让它们受惊逃跑了。我愣住，说，要不我离开？她说，它们都被你吓跑了，这会儿离开有什么用。我说，都怪我，冒冒失失就过来。她看了一眼我，说，也没有怪你的意思，很多东西可能就只能看看，或许能看到就很幸运了。我劝慰地说，也不用这么悲观，说不准这是它们开的玩笑，还会回来的。她失落地说，可能吧。我正准备站起身离开，突然看到两条鱼游出来，急忙拉住她，想说话又不敢，指着水里让她看。她欣喜不已，拉着我的胳膊激动得直晃动，用嘴型说，就是它们。

她蹲下专心致志地看着，我满脸不解，她好像看出了我的困惑，低声问，怎么了？有哪里不对吗？我说，你确定它们泛着蓝色吗？她瞪大眼睛，坚定地说，对啊，难道不是吗？我说，我看不到蓝色，我看到的它们就是两条普通的鱼。她说，不会吧，它们泛着蓝光的，现在都还是蓝色，是不是你站的位置不对，要不你站我这里看看？我们调换了位置，我站到她的位置，无奈还是看不到。她说，那可能你就是看不到。两条鱼游向我们这边，在河边摆尾，我说，我们现在说话影响不到它们，既然这么有缘，要不要给你捉回去？她犹豫了一会儿，说，那看它们想不想，我们学姜太公钓鱼一样，把塑料袋口张开，如果它们自愿进来，我们就带走？我点点头蹲下，从口袋里掏出塑料袋，伸进水里双手撑开塑料袋口，两条鱼真的游了进来。她说，那就带走吧。我收起装有鱼和水的塑料袋。

又在河边捡了一会儿石头，袋子装不下了，她看我提不动，便让我放下袋子，她一块一块挑拣，最后只留了三块。我说，其他的不要了？

她点点头，说，有三块就够了，其他的还是留在这里为好，带回去太多是我们的累赘，也在祸害它们。我说，不重的，我可以提着。她摇摇头，说，不是那意思，没必要带那么多回去，我们最终无法对它们负责。我哦声。

天色不早，我们晃晃悠悠着回去，刚进农家乐门口，老板和老板娘就迎出来，接过我们手中的石头和鱼，说，做了不少事情啊。她说，也没做什么。老板娘带着我们来到房间里，对她说，今天不知道你过来，还带着朋友，这几日我们没开张，所以家里没备什么蔬菜和肉，就是熬了稀饭和拌好的野菜，若是吃不饱，锅里还热着馍馍。她说，挺好的，我们没什么讲究的。老板拿两副碗筷过来，放在桌子上，要帮我们舀饭，我起身阻止，说，我们自己来，您不忙活了。老板热情地说，好的，那你们自己看着舀，这里和家里一样，不用拘谨。

吃过饭，天黑下来，我们得回去，老板说，等一下，我给你们的鱼准备了鱼缸，你们带回去。她打开车后备厢，我站在旁边准备帮忙接过来，本以为就是普通常见的玻璃鱼缸，没想到老板从房子里抱出一个石头鱼缸，上口圆下口方，有水桶那么大，我要帮忙，老板没让，直接把鱼缸放进车后备箱，然后又回房子里找来破被子包裹上，说，这样就磕碰不到车了。她说，这也太贵重了，我们不能要。老板说，你们捉这两条鱼我看了，很特别，这个石头槽子是我去年在河边闲转看到的，也不知当时是因为什么，就给吭哧吭哧抱回来，忘记了用处，一直就那么放着，现在你们有了这两条鱼，这个鱼缸也就有了归宿，没有贵重与否，只有合适不合适。她说，既然您这么说了，那我们收下，感谢。老板娘手里提个袋子过来，说，这是些野菜、小米和我自己蒸的馍馍，你们在市区里怕是很少吃到，拿上回去吃，吃完再来我这里拿。我接过，说，谢谢您。

不敢把鱼放在石鱼缸里，就装在塑料袋里，我提着。回到她的住处，车停好，我从后备厢搬出石鱼缸，一鼓作气搬上二楼，她提着野菜、小米、馍馍和鱼上来。打开沙发处放的两盏落地灯。她在屋里转了几圈，选来选去最终决定把石鱼缸放在门口的桌子旁，我给石鱼缸里倒满水，然后把鱼放进去。真如农家乐老板说的，这个石鱼缸等的就是这两条鱼，它们之间像是有着先天注定的亲密联系，很快就相认了。

她坐在沙发上看手机，问，你饿吗？晓亮。我说，还好，你呢？她说，有一点。我说，我们不是有带回来的野菜、小米、馍馍，我给咱简单热一下就可以吃，你看怎么样？她说，可以。我去厨房做饭，煤气打开，锅里续上水，滚沸后下小米，不一会儿米香便伴随着热气弥散于空气，真是好啊，有种家的温馨。

郊区很安静，偶有车辆从巷道里经过。她把窗帘拉上，昏暗的灯光和黑夜交融，气氛暧昧，我把熬好的稀饭和野菜、馍馍端到茶几上，舀了两碗，放上筷子、勺子，她吃几口，连连称赞，说，就是这个味，这种饭就算是吃多久也吃不够。突然又想起什么，放下筷子，到冰箱里拿出几个瓶子，放在茶几上，说，你去厨房拿两个玻璃杯，这么好的时光不喝酒太浪费了，也让你尝尝我珍藏的酒。我起身去厨房拿两个玻璃杯过来，她拿起一个瓶子，说，先喝这个，再喝其他的，口腔里会有神奇的事情发生。我依照着她的安排喝下，果然，口腔里有了天地万物。她兴致上来，跟我推杯换盏，她一杯，我一杯，不知喝了多少杯，也不知何时睡下。

第二天醒来，我睁开眼看着冷清又陌生的环境，一时不知所以，回想半天，才弄清自己在她家，旁边有她睡过的痕迹，我坐起身下床，边叫她名字边找，两圈下来没见人，出门去看，依然无人。

头疼得厉害，回到房间坐下，倒杯水喝，看到桌子上有一张纸条，上面写着："晓亮，我出去几天，因为着急，没等你醒来就走了，冰箱里有吃的，你起来自己看着做点，我不在的日子要拜托你不时过来帮忙喂鱼，钥匙在门上挂着，你拿上。青青。"

我端着水，站起身，到客厅，看茶几上的杯盘狼藉，回想昨晚最终是怎么睡到床上，又怎么和她发生关系的。怪不得人常说，酒壮尿人胆，要在清醒状态下，自己可不敢和这样的人有身体接触，更莫说发生关系。算了，事情都发生了，想这些做什么。我开解自己，看到太阳照进窗户，落在沙发上，我就躺在沙发的阳光里，不知不觉中又睡过去，再醒来已是晌午，简单做点吃的，把家里挨着清扫一遍，喂了鱼，带上要丢的垃圾，锁上门离开。

后晌五点要去台球厅接班，我坐车回到市里，在城中村阴暗潮湿的房间里躺了一会儿，看时间差不多，便去上班。十一点过后，来打台球的人就稀疏起来，我闲着没事，拿出手机胡乱翻看，看到她的微信，就发个消息过去，青青，你这会儿在哪里？她很快回复过来，你把鱼喂了？我回复，喂过了，你什么时候回来？她回复，喂过就好，以后也要按时去喂。我回复，会的，你放心，你去外面玩了？她没再回复。我也没好意思再发消息，不想让她觉得我在纠缠她。第二天休息，本不打算过去，在租住的房子里睡醒，拖着有气无力的身体洗漱过后，去楼下吃饭。

饭馆出来想着要不要回住处，可是不回住处又能去哪里？闲走一会儿？有了，何不去她那里，郊区空气环境都好，说走就走，走到附近公交车站，坐上车，一路向南。中间倒换了地铁、公交，两个多小时后到达。拿出钥匙开了门，这会儿阳光也好，上次就看到她小卧室里放着折叠起来的躺椅，此时派上用场，拿出来，在二楼的过道展开，再泡壶茶，躺上去边晒太阳边喝茶，对面是高大苍绿的南山，那真是一种极致的享受。后晌我没有回去，住下来。

就这样半个多月时间过去，我给她发消息，问什么时候回来。她没有回复。我再发，你在哪里？还是没有回复。第二天我再发，你怎么了？青青。她没有回复。又三四天过去，我打电话过去，对面传来“您拨打的用户正在通话中”的声音，打了几次都是这样。我想她可能是忙着，不想让人打扰，便作罢。又过了五六天，我打电话过去，这次对面说的是，您拨打的电话已关机，我慌了神，赶紧再拨打几次，得到同样机械的回应。心有不甘，想着她可能是去哪个没信号的地方了，或是手机没电关机了。过两三天我再打，还是那般。

我无法再做猜想，找不出对她有利的理由。我说，可能真是在哪个没有信号的地方。唉，又过八九天，我试着打电话过去，仍旧是关机，尽管这般，她留给我的任务我还得继续，我时不时就坐车过去喂鱼，不想回来就住下，第二天坐车回来上班。一个多月过去，有一天我过去喂完鱼，把躺椅拿到二楼过道，边晒太阳边喝茶，正惬意时，有人敲院子的门，起初几声我没搭理，以为是敲错了，不承想，敲门声不断，我惊坐起，想着是不是她回来了？前面的突然失联是恶作剧？为的就是此刻给我惊喜？我边下楼边问，是青青吗？是青青回来了？青青，是你吗？门外人不说话。

打开院门的瞬间看到一张中年男人的脸，再看男人的穿着，不像那天台球厅见的油腻男人，便问，你是？中年男人说，我是这里的房东，你是那女的新男朋友？我说，新男朋友是什么意思？中年男人说，你不要误会，没有别的意思，只是好奇，每次来见到的男人都不一样，你可能是年龄最小的一个。我说，哦，你来是什么事？房东说，房子这个月就到期了，我前面问过那女的，她说如果这月没提续租的事情就是不租了，现在已经过了说定的时间，我过来通知收房子。我说，可是她不在啊，如果收房子，房子里的东西怎么办？房东说，房子里的大件都是我的，剩下的小件大概是那女人置办的，她说基本上都不要了，让我看着处理，想要的留着，不想要的扔掉。我说，她最近给你说的这些？房东说，三四个月前吧。我说，哦，知道了，那就按她说的，我最近给你腾房子。

房东走时，说，她叫青青？我说，她租你房子你不知道她叫什么？房东说，不知道，她没说我也没问。我说，那租房合同上不写名字？房东说，租房合同是一个男人签的，租金也是男人一次性付的。我哦声，说，好吧。送走房东，关上院门，我再给她打电话，还是关机。在躺椅上坐下，继续晒太阳喝茶，闭目养神，倏然，觉得不对，她真的存在吗？是否为幻象？包括刚才见到的房东，以及现在所在的房子，这一切的一切。

身体内有几股寒冷飞蹿，凉透整个身体，我站起身，鼓足勇气，向进去过好多次的房子里走去，摆放的家具猛然间陌生不已，还多了恐惧，家具不像家具，像是隐藏着无数妖魔鬼怪的屏障。我不敢再待下去，出门时看到石鱼缸里的鱼，干脆连鱼缸一起搬走，这是可以带走且必须带走的东西。关上院门，把钥匙放在院墙墙头的方格子上，觉得不安全，又找了块砖头压上。

回到租住的逼仄房子，思来想去，石鱼缸没地方放，最后只能放在靠门的地方，这样能多些阳光和新鲜空气。五天后我给房东打电话，说了钥匙所在，让他自己进去查看。房东说，要拿的东西都拿走了？我说，拿走了。本想拿几件她的衣服，没想到柜子里空空如也，看来她的离开是早有预谋，或许，这里就不是她常待的地方，只是偶尔带人回来过夜。

前几天，台球厅的老板换了人，新老板很龌龊，经常在店里胡乱整，我看不下去，打了辞职报告，老板沉着脸，当即同意，让财务给我结算了工资。我又给青青打电话，希望奇迹出现，可依然是遥遥无期的关机状态。她就像没出现过，可我带回来的鱼和石鱼缸是真真实实的，到底是怎么回事？最近的难题也是它们，将来我不管在哪里工作，肯定要搬家，我无法一直带着它们，得想办法处理掉。最先想到的是从哪里得到就归还哪里。

我带着鱼和石鱼缸来到那天的农家乐，老板看到我，笑盈盈地说，她没来？我说，就我一个，我来是给您还石鱼缸的。老板收起笑容，问，什么意思？我说了事情的来龙去脉。老板说，有些东西得到了就无法归还，你还是留着吧。我说，我实在无法带着，您就把石鱼缸收下，如果发善心，把这两条鱼也收下。老板说，我什么都不会收，石鱼缸本来就是你的，在我这里只是暂存，所以现在你所说的归还也不该归还给我，你得归还到它的原生地。我说，它的原生地是哪里？老板说，老实说，我已经想不起来了，就算想起，我得到它的地方也可能不是原生地。我说，鱼是我和她捉到的，那地方我知道，我先把鱼给放了。

老板娘从门外进来，温和地笑着，说，石鱼缸找不到原生地，鱼就更找不到，你捉鱼的地方就是原生地吗？我说，我认为是。老板娘说，鱼有生命，自己就能游动，水也是流动的，游动的鱼加流动的水，定点在哪里？还有那就算是无生命的石头，它不也是被流动的水冲刷到这里，再者，谁能说此时的石头就是彼时的石头？万物时刻在变化。

我说，这是唯心主义观和诡辩。老板娘说，先不要下结论，你仔细想，是不是这样？我不信，石鱼缸暂且不讨论，鱼还是能找到当时捕捉它们的地方，我不管原先，只管现在。我带着鱼去沟里，沿路往上走，找捕获它们的地方，神奇的是，我不知走了多少遍，想了多少记忆里的痕迹，皆没有找到那个地方，那个地方像是知道我要来，提前消失掉一样。

我一无所获地回到农家乐，老板和老板娘坐着吃饭，看到我便说，坐下吃点饭。我说，你们怎么知道那地方不在了？是你们指使人做的。老板娘说，我们要是有这么大的本事就好了，能做到这样的只有大自然。老板说，我们都在变化，包括你我，如果没有变化整个世界就没了存在的必要，鱼和石鱼缸你先留着吧，说不准何时它们自己会找到去处。我说，万物流转，无物永驻，对不？或者是，人不可能两次踏入同一条河流？我只是此时的我，对不？老板说，别说了，饭都要凉了，赶紧坐下吃。我坐下，老板娘给我舀了半碗稀饭，说，饼子自己拿，就着盘子里的菜吃。

我说，鱼和石鱼缸现在在哪里？晓亮说，还能在哪里，在我住处啊，你要？我说，我不要，你说得这么神奇，我就是想看看。晓亮像是销售员，手中久久销售不出去的货物突然有人有了兴趣，便欢快地说，走，我带你去看，很有意思的，说不准见了你就想要了。我笑着摇摇头，说，你啊，那你现在还想念她吗？晓亮说，当然想念啊，不过她的模样在我的脑海中逐渐模糊不清，唉，说不清，经历的这些就像做了一场梦，而且是春梦。我说，什么？晓亮说，这样说没有其他意思，就是想形容当下的感觉，春梦了无痕嘛。我说，哦。

进到巷道，映入眼帘的是典型的城中村，狭窄的道路两边是大小不等的门店，路上坑洼里积满污水，来往的电瓶车、摩托车不断，人行走其间得瞅缝隙穿插经过，幸亏晓亮拉我几次，不然我就撞上了不知从哪里窜出的电瓶车。

晓亮租住的是一家门店小到可以忽略不计的宾馆，从钢铁焊接的临时空中楼梯上去，过道黑乎乎、黏腻腻，像是行走在地底，霉变味弥散于空气中，走到尽头，晓亮掏出钥匙开了房门，按下灯的开关，映入眼帘的是逼仄的过道和只能放一张床的昏暗压抑空间。晓亮说，不要嫌弃啊，这间最便宜，一月一百块钱，租住时老板说，这里本来不住人，你要是受得了就住。我心想，还有什么是我晓亮不能承受的，在没钱面前，有个遮风挡雨的地方总比睡大街上强吧。

我眼睛寻找了一圈，没看到石鱼缸和鱼，说，你把石鱼缸和鱼藏哪里了？晓亮说，这么大点地方能往哪里藏，不就在门口旁边吗？你没看……

话没说完，晓亮惊住，门口旁边空空荡荡，他皱起眉头，说，这就有意思了，那么笨重的鱼缸谁会拿走？我说，你确定不是在编故事？晓亮着急，说，我编故事做什么，又不像你，需要虚构，需要写作，我哪里有那心情。不对，人，我怎么连她的模样也想不起了，怎么回事，我此刻想起她，只剩下她整个人的轮廓，难道是她悄悄把石鱼缸和鱼拿走了？

我说，如果你说的都是真的，那石鱼缸和鱼不翼而飞真就有意思了。晓亮说，我可以发誓，我说的都是真的，除非我经历的这些本来就是虚构，本来就是梦幻，我也说不清了，如此说下去更恍惚了。

一束灵光在我脑海中闪过，我急切地说，有了，你说的对，就是那种恍恍惚惚的感觉，真实又虚假，虚假又真实，似是而非，也是流动变化的，我终于找到那个可以连接曾经感知到的瞬间和声音的线索了。总是想借助外力，我们是骑驴觅驴，其实我们自己就是最能说明流动变化的，这一秒的你和上一秒、下一秒的你都不一样，但这种变化难以觉察，有时不小心察觉了，也是那般不真实，却又真实感受到了，很矛盾。晓亮说，什么意思？我说，她和石鱼缸和鱼消失不见应该是正常的，大概是去了其他地方，或变成了你认不出的人和物。晓亮说，这有些玄乎了吧。

我刚想继续解释，口袋里手机响起，是春打来的电话，接起，问，怎么了？春。春不说话。我等待十几秒，春还是没有回音，我不安起来，说，春，怎么了？电话打过来怎么不说话，你怎么了？只有电流声，俄而，电话挂断。我和晓亮道别，快速下楼离开。

二一

从那三个人口中问不出任何有用的消息，大地犯了难，尽管极其不想承认心中不断出现的猜想，但很多时候不愿承认的偏偏就是事实。

妻子安做饭时，勺子几次莫名其妙地从手中掉落，她便脸色难看地看向炕上倚着被子惆怅苦楚的大地，二人目光相撞片刻，大地就移开了视线。

泉回到家，白没在，想起今日是白去太古那里学习的时间。天黑了一阵子，离白回来还得一会儿，他等不住，出门去白回来的路上等待。快走到太古设置的路阵时，白出现，一眼看到他，用手比画，你怎么来了？他用手比画，我心中有太多迷惑，需要你来解开。白用手比画，那也等我回来啊，你这样唐突地来找我，太古师父会生气的，而且你也找不到我们，我们上课的地方像漂浮在水上的树叶，随时在移动。他用手比画，那我也要找到你，老实说，我总是心神不宁，像是有什么事情要发生。对了，你说的炸药那个事情，炸药武器到底是什么？

白环顾四周，拉上他的手，脚下生风地往回走，一路上没给他任何说话的机会。回到家里，白快速关上门，屏气凝神地站了一会儿，确定门外无人，才用手比画，现在很危险，我的想法几乎与太古师父吻合，以后说话做事一定要谨慎。

他理解地比画，隔墙有耳？你们什么想法吻合？白用手比画，这次的巨响就是爆炸，我在来这里之前看到过，世上有一种灰蓝色粉末的东西，经过加工，放在一些工具里，就是很厉害的武器，比刀枪厉害一百倍，咱爸也应该是意识到了这一点，不然不会这么重视。

他用手比画心中的疑惑，你来之前在哪里？是我爸带你来这里？太古师父为什么能和你有同样的想法？白用手比画，泉，我也不隐瞒你了，我来之前走过好多地方，小时候住在你们西北边的国家，具体哪个国家我忘记了，之后随着一些人，到你们的周边，那些地方和你们的文化很像，你知道是哪里吗？就是你们相近的地方，待了几年，学习到了一些文化知识，不知怎么又被带到你们这边的中原，跟着一群人流浪漂泊，最后到了你们这里，遇上你爸，我多番请求后，你爸才答应把我带回来。

他听得云里雾里，于是用手比画，你的意思，一化之外还有像一化这样的存在？我爸出去做什么你知道吗？你们进来的道路在哪里？白用手比画，像一化这样的存在很多，咱爸出去做什么我不清楚，进来的道路我也不知道，当时我的眼睛是被蒙上的。

他不想再追问，追问的越多越糊涂，直入主题吧，用手比画，依你和太古师父的看法，我们现在该怎么办？白用手比画，这个要看咱爸怎么想，得咱爸拿主意。他点点头，心里暗暗做了决定。

第二天，他和白去找大地的路上看到物，呼喊几声。物停住脚步，说，你去哪里？泉说，你去哪里？物不掩饰地说，昨夜睡梦中我突然醒来，觉得事情不对，巨响不像是偶然，更多像人为，那仨人绝对有问题。

泉说，现在要紧的是怎么办？物说，我们先去问父亲是什么意思。他说，此事要尽快，宜早不宜晚。他们一同来到大地住处，门敞开着，刚进院门，大地说，我们在外面说话吧。他们找地方坐定，大地颤颤巍巍地走出来，坐在石头上，说，你们都觉得此事不对，不过也不必惊慌，如今只有用我们一化自己的东西试试能否化解危机了。

泉接住话，说，爸，你意思是代代传下来的法宝？大地笑而不语。

物说，法宝好像对此没有什么作用吧。大地说，有没有作用就看你们是怎么想的，物，你有没有领会出其中的奥义？物说，爸，儿子愚钝，至今没有领会法宝用处，请您多指点。大地说，此法宝就是要不断去领悟，如若领悟到了，想要什么就有什么，想要没有什么就没有什么，所以现在的困境是我们的民众能不能意识到危机临近，有没有领悟法宝的能力。

泉说，那我们就用此法宝来解决。物说，可惜我没有那本事，父亲给时什么样，现在还是什么样。泉说，大哥，你也是，你领悟不到应该拿出来让大家都尝试啊，说不准谁就能意会到，你还是顾忌你的位置和权力。物说，我没有，任何事情都有规章制度，没到拿出来时，是不能拿出来的，同样，该到拿出来时，不用你说，我会毫不犹豫地拿出来。泉说，那现在是拿出来的时候吗？物说，我无法确定。泉焦急地说，我的大哥啊，现在一化之地都要保不住了，你还不往出拿，只要有一丝希望我们都要试试的。

物看向父亲，大地若有所思地说，物，拿出法宝来，让大家看一看，想一想。三天后的晌午，我们召集所有人来讨论这件事，包括太古师父，一定要通知到。

泉想再说什么，大地已回了窑里，母亲出来柔和地说，按你们父亲说的去做，回去吧。路上泉和物分了工，各自带着大大小小的疑虑回去。泉给白用手比画了与父亲的对话，问白知不知道法宝是什么。

追问数次无果，泉只好作罢。

场地选在经常议事的宽大土台子上，中间放上一张桌子和两把椅子，大地和妻子坐中间，两边依次放两排桌子和凳子，一边是泉和白及自己的学生们坐，一边是物和喜鹊及自己的学生们坐，其他人或坐着或站着，围聚在台子周围。

因为泉和物忙乱，直至第二天半夜才想起通知太古师父。物说，我们即刻就去。泉说，半夜三更不合适，再说，去往太古师父住处的路阵变化了，夜里看不清，别进去后走不出来，那更耽误事。物说，那怎么办？明天一早也来不及啊，还有好多事情要做。泉说，通知太古师父的事情你不管了，我来想办法。物不放心地说，你能行？要么咱俩去，一个一个进路阵里试，就算走不出来，外面的人也能帮里面的人。泉说，你说这个办法我想过，但外面的人帮不到里面的人，你去忙活吧，我能行的。物似信非信地离开。

泉早就有此想法，现在正好能尝试，将太古师父的名字用毛笔写在纸上，随后把纸拿到院子里，借着微风，让纸在空中飞舞，这样纸上的字也跟着扭动，字的意思随风漂流到太古住处，希望能被太古接收到吧，泉如此想着。

天刚亮，泉就起来，到场地上检查，布置人手，如果有什么可疑的人和事，他全部记下，尽量做好安保工作。白提前到来，带着几本泉从未见过的书，坐在座位上，想着什么。喜鹊跟着物一起来，担子上挑着两个桶，一桶稀饭，一桶馒头，放在台上的小桌子上，谁饿了就去吃喝。

临近晌午，大地和安也过来了，泉将父母亲安排在中间的位置上。正想不知道太古师父有没有收到消息，就感觉有人拍他的肩膀，转头看是一张陌生面孔，问，你是谁？对方说，我是太古师父的徒弟山，师父让我给你带话，你传送的消息收到了，不用管她，她到了也不会让谁看到，你们忙活自己的就好。泉说，山我见过，不是你这般模样，你到底是什么人？对方说，我就是山，你也可以说我是境子，我们的名字是轮换着用的，谁都可以用别人的名字，当然，也有可能就没有名字，就是去执行一些任务，这样能够在完成任务的同时保护自己。泉说，这样不就混乱了吗？对方说，不会，我有任务在身，不能陪你多聊，再会。眨眼间便不见了。

泉和物各自清点了到场人数，一化民众无一缺席。大地示意物会议可以开始了，物起身走到土台中央，清清嗓子，说，今日把大伙召集起来，有这么一件事，众所周知，一化近来发生了怪事，那声巨响到如今还没有弄清楚到底为何物何事所致，于是，我们决定今天拿出世代传承的法宝来帮助一化解决困境。你们看好了，我要拿出来了。

众人眼睛大睁，目光全部聚集在物伸进上衣胸口的手上，准备见证数百年的秘密。没想到的是，物慢慢掏出来的手竟然什么都没有，众人喧哗起来，物拿起小胳膊粗的木棍，在地上的石头上狠敲几下，说，大家安静，我们今天见证的依然是数百年的秘密，因为这个法宝就不是实体实物，而是一句话，只要你领悟到事物发展的规律是流动变化的，什么问题都能解决。把大家召集起来，也是众人拾柴火焰高，用集体的智慧领悟其中的真意，从而解决现存的困境。

有人说，我们受苦人哪里有这样的本事，别说笑了。有人说，就是，没想到神秘至极的法宝是这样，失望又无语。有人说，哎，把我们叫来做什么，家里还有一堆事呢。

境子从座位上站起身，给大地和安鞠躬后又分别给泉、物、喜鹊、白鞠躬，然后走到台前，说，你们这样说这样想是不对的，人人都可以有思想，都可以取得进步和成就，主要是天性，我记得在书中看过一个例子，得到禅宗真意的就是一个不识字的人。

物听出境子故意没有说出那人的名字。有人说，那也是别人，书里的人物，谁知真假，说不准是哪个写书人编造的。有人附和着说，就是，写书人编造故事的能力很强，我们不要被骗了。有人说，你们真是目光短浅，管他真假，我们一起想办法解决问题不好吗？有人说，要想你想，我们手里有很多活计，与其在这里说这些无用的话，还不如回家干活。有人说，就算是干活也不急这一两天吧。有人说，一两天？一月一年就是这么一两天一两天堆积起来的。有人说，对，别在这里浪费口舌，咱们走。有人拦挡，说，别走，你们还有没有礼数规矩，想来就来，想走就走，问过老首领和物首领、泉首领了吗？有人说，我们现在问，我们就不信老首领他们不支持我们的想法。

部分人群潮水一样直往台前涌，大地不慌不忙地站起身，伸出双手，意思是大家少安毋躁，说，你们说的都在理，这样吧，愿意留下的留下，不愿意留下的可以离开，一切自由。

人群如潮水一样唰地退去，留下的人不超过十五个，都是跟随物和泉学习的学生。大地的眼神暗了下来，他预料到民众的反应如此，也感到了一种无可挽回的疲惫正朝自己席卷而来。物让大家往一起坐坐，现在开始领悟那句话。许久没人言语，大地笑着说，大家放轻松，就是围绕着法宝这句话聊聊天，一化的危机能否解决如今我心中已有定论，我们也要珍惜，往后这样的日子恐怕是不多了。

里水举手，说，我来开头，我觉得这句话从字面意思理解，像是句废话，但仔细揣摩却奥义深刻，用我目前的知识储备来理解，这是一种类似于清谈的自我逃避，我不去看外面世界，我只要能把自己这关过去就好，我自己得到了和解，也就是身心合一，以及身心合一后与天地完美交融合一，所以做什么都能成，能成意味着自我的抉择，可以成的能成，不可以成的自己放弃，那也是一种能成，一种圆满。

境子举手，说，我的理解是典型传统文化里的话语，这也是最为高级的说法和境界，要在混沌里、天地里、万物里、人世间捕捉领会到最为本质愉悦的丝缕深意，可谓是难上加难，但我们的先辈们一直在做，而且做得有声有色。

素人早就想说，一直忍着，等境子说完，便迅速举手，说，我想回到那两个关键的问题，这个领悟到底是什么？怎么领悟？领悟到底是什么，我们刚才说了几种见解，我想说说怎么领悟，这大致有三种，一种是凭借生活里总结出的经验，一种是在知识学习中生发的理性的结构体系，再一种就是以上两者之间或能融合涵盖以上两者的某种知识。

灶火举手，说，按素人的说法，物老师带的学生就好比第一种，白老师带的学生好比第二种，我们现在还欠缺第三种，不知道我这样理解可不可以，不过第三种也会有，只是时间问题，第三种会出现在我们每个人身上，随着时间的推移，知识储备增多，就会有新的思想出现。

我想说说领悟到底是什么，我觉得这个有意思，也很重要，这个法宝厉害之处就在于只要领悟到就什么都能成，依我说，不管前面的心外无物还是心外皆是物，我们要的是领悟到那个能解决一切问题的东西。可以说是遇到什么看透什么，能找准其法门，然后从容地进入法门，成竹在胸一样的了解，这样一来自然就知己知彼百战百胜了。小米说。

台下有人举手，说，有时候重要的就是过程，需要领悟的法宝到头来可能什么都领悟不到，但它能让人活得不那么无聊艰难，尤其是精神上不空落，时常有东西可想，所以我们不仅要领悟出道理，更要享受领悟的过程。

白用手比画，泉领会转述，说，精神的愉悦很不容易，人活着，每日重复地做事情，跟随着天亮天黑慢慢老去，到头来也不过是一死，但整个活的过程是有意思的，很多时候思想就是精神游戏，人天生就爱做游戏，游戏与日常生活息息相关，比如和时间赛跑，经常说在什么时间赶到，这就是游戏，只是我们没有注意到。那么，今天大家说这么多，法宝的那句话到底什么意思，要领悟法宝到底要用什么方法，还说了一些其他的，只说明我们有了知识体系建构融合的意识，但离完整地建构起来还有很长的路要走。反过来说，讨论的最终目的是要解决我们现在遇到的困境——巨响。我想，法宝就是让我们跟上社会发展、历史前进的脚步，实现自己的想法，这样我们才不会被历史的洪流冲着走。巨响，可能是天地催促我们前行的一声嘶吼。

大地问物和泉，你们有没有什么想说的？二人皆摇头。

大地说，今天召集大家前来，让大家看到这个神秘的无实物的法宝，是为了解决前几天无名巨响的问题。大家的畅所欲言，看似与探寻巨响因何而来，会不会再出现无关，但恰好说明了，每个人对新事物的理解只因循各自的经验，受限于固有的生活环境。一化传说中的法宝是思想，是变化，是流动，也是不断学习，创造发明。当一化再也拿不出新的发明，我们的思想就只好停滞不前，也许前几天的巨响还会出现，而且说不准会频繁地出现。新的东西今天不来，明天也会来，明天不来，后天也会来，总之，迟早会来。巨响是一种破坏，也是一种崭新的生长，历史的进程谁都无法阻挡，再说，想要有恒久不变的存在，尤其对人类而言，那是痴心妄想。今天这场会议没有找到解决困境的方法，一化的命运已经是法宝不能解决的了，大家一定要珍惜现在眼前的和平。

台下人陆续散去，物找人来收拾桌椅凳子，他走到父亲跟前，说，没看到太古师父，不知道来了没来。大地说，没看见并不代表不存在，太古师父来了，我能感觉到，好多次她都看向我这边，只是她在暗处，很隐秘，我们找不到。物说，太古师父也没有解决办法吗？大地不答。物说，今日开会感受到了要开化民众的心智是十分困难的，以后我们要更加勤奋地跟太古师父学习。大地说，没有以后了。物问，怎么这么说？大地说，太古师父不会再待在一化了。物说，不待在一化去哪里？大地说，好多去处，没人能找她，你们过好自己的生活。物哦声。

看着台下人陆续散去，两个儿子也离开。一种不可描述的虚无感让大地感受到了孤独。妻子要和大地一起回去，大地有些生气地说，别觉得我老了，我一个人回去。他一个人无法启迪一化人的思想，无法将先辈留下的法宝根植在一化之地。那声巨响会在此后的日子变成民众茶余饭后的八卦闲谈，每个人畅所欲言，自说自话，思想看似在交谈中发生碰撞，其实，擦不出丁点儿进步的火花。大地一个人回到来处，等待更加猛烈的巨响。

入冬，一化的人们像动物冬眠一样窝在家里。这天，天刚亮不久，强于上次数倍的巨响惊动了所有人，地在摇晃，人们都跑出窑洞，站在院墙外面看是哪里发出的响动，好一阵子过去，没见有什么异样，便又小跑回窑洞里，心想可能和上次一样，不用大惊小怪。

晌午太阳好，人们围在太阳下取暖，一阵儿，看到有人跑来，嘴里喊着,来人了,来人了,没见过的人,没见过的人,过来了,过来了……

人们闻声而起，看到一支身穿灰蓝色军服，腰间扎皮带挂佩刀，脚蹬马靴，肩上背枪的队伍，浩浩荡荡地走来，最后面还有人用马拉着带轱辘的铁管子，顿时，一化之地尘土飞扬，鸡飞狗跳，这些士兵见人就扯拽，很快一化所有民众就全部集中在打麦场上了。有人不服，站出来说着什么，要冲上去厮打，站在不远处端着枪的士兵手指扣动扳机，只听砰一声，刚才还活蹦乱跳的人应声倒地。喧嚣的人们瞬间安静下来，对方领头的将领给几个士兵悄声说了什么，几个士兵当即让浩大的队伍散开，将陷入恐惧的一化所有人整理为五六支队伍，然后催赶动物一样押着他们前行，不知去往何处。

二二

晓亮打来电话,告诉我新工作的所在地,让我以后可以去那里找他。

我问，石鱼缸和鱼还没有踪迹？晓亮说，不仅石鱼缸和鱼没有踪迹，就是青青这个人我都快没印象了，像上次说的，不是我要忘却，是她好像褪色的物件，经不起丝毫的风吹日晒，这才多久，就面目全非了。我说，顺其自然吧，这也正常，没有谁永远能记得谁，因为我们和时空宇宙时刻都在运动变化，哪天我们都方便时再约。晓亮说声“好的”挂断电话。

春前几天说租住的房子里缺个冰箱，这几天正好休班有时间，我在网店看好冰箱下单，明天就能送到，想着今天过去还是明天一早过去，起身去倒杯水，重新回到座位上，看着电脑上写出的文字，想起支撑写出这些文字的那些一直在流动的感觉。深给这些感觉取名为空，现在看来真是没有比这更合适的名字了，原先还是我太浅薄狭隘，总以为空就是虚无，其实不是，漏掉了空本身的深奥多义。

表面看，空就是一个符号，实则不然，空所要传达的意思因人而异，是随心而动，是无限延展，是无数种解读的可能性。我也终于懂得了深有一次说的，我们的思维总是难以适应变化，总要“非黑即白”，追求一成不变，有些人就算是意识到了万物都有“灰色地带”，也无法包容这种随时变化的中间地带。他们会怀疑自己，是又不是，岂不是矛盾吗？到底是还是不是，或者说，有没有？他们会问，到底有还是没有？其实，我们要用变化流动的思维应对世界宇宙的本质，万物流转，无物永驻，是不是、有没有、变不变，才是我们一直要进行探索的真理。

想起人们经常说走一步看一步，说的就是这个，可我们从来都不用与此相适合的思想去认知去理解，所以这句话便沦为无奈时用来劝慰自己的话了。走一步，看到了唾手可得的机遇，就停留下来，放弃所有拥有它，再劝自己，别想那么远，别在意未来的不确定性，别管什么流动不流动，只看这一步。

手机铃声打断了我的思绪，我看手机来电显示的是冰箱品牌的客服中心，接起，对面说请确认明天的收货时间。我说，是的，就按那个时间送。挂断电话放下手机，看到镇尺上的骨头，这大概是写作那个故事的整个流动过程中唯一一个实物，其他创作过程中的感知，有晕车时的厌恶情绪，有听不懂的怪人怪语，有租房发生的事情，有变幻的名字等等，都像虚无的存在。对着文档也写不出什么，干脆今天就去春的住处，这会儿离春下班还有些时间，顺便到附近市场买些蔬菜、水果，把晚饭做好，春下班回来就能吃。

约莫着时间，我开始炒菜蒸米饭。炒出最后一个菜，听到春在门外用钥匙开门，我双手在围裙上揩擦下，跑过去开门，春一脸的怒气在看到我的瞬间转变为惊讶，说，你怎么过来了？也不提前说一下。我说，不是想给你惊喜吗？怎么，看你脸色不好，凶巴巴的，谁惹你了？

春放下手里提的帆布包，看了一眼餐桌上的饭菜，说，你做饭了啊，这些全是我爱吃的。我说，做的就是你爱吃的菜，你去洗手，我把锅里米饭舀出来就可以开吃了。春洗了手，在餐桌前坐下，说，好在你今天过来了，不然我打电话也要把你说一顿，还问谁惹我了，你惹我了啊。我把米饭端过来，坐下，说，开动吧，我哪里惹你了？

春夹菜间隙，说，你哪里都惹我了，我爸妈后天来省城医院复查，你准备见面不？我说，见，为什么不见？春吃口菜，说，见面了说什么？你想好了吗？我爸妈肯定会问你做什么工作，你说什么？卖烟？问你有房子没，你说没有，租住的？问你将来有什么打算，你说边打工边写作？我爸妈本来就不同意咱们交往，觉得你家太远太偏僻，他们对你们那边也不了解，心里没底。

我说，我在努力，相信将来工作、房子、车子这些都会有，我家远，这我没得选择，我爸妈就住在那里，再者，偏远不了解并不意味着就是坏人啊，纯粹是两码事。春放下手里的筷子，说，人，你什么意思啊，我爸妈说你是坏人了吗？谁也没有逼你和我好啊，我知道你有情绪，我说这些你不开心，也觉得我爸妈苛刻，或者爱财势利，但你凭良心讲，哪家父母不是想让自己的孩子过得好，他们这样要求有错吗？

我扒拉了一口米饭，说，我没有这些意思，这些都是你自己想出来的，我什么时候怨怪过你爸妈，我知道这些都是正常要求，而且是见家长要具备的条件，无奈我一个都没有，要怨怪也是怨怪我自己没本事，我怎么可能怨怪你爸妈，你不要把你的想法扣在我头上。春说，你敢想就要敢说，别在那里装，你就说要不要见面，这次见面机会也是我花费了好大力气争取来的，不然他们说检查完身体就回去，你不要嫌他们讲究，他们是农民，我家也没钱，但该有的礼节还是要有的。

我不想再继续这个话题，说，饭菜都要凉了，我们先吃饭，这个事情我有考虑。春拿起筷子，吃几口菜，说，人，我们交往三四年，也到了谈婚论嫁的年纪，就见父母来说，如果我不说见面，你就永远不主动去争取，对不？我也真是，好像嫁不出去，求着你娶我似的。

我长叹口气，说，我们先吃饭，不说这个好不好？春说，你爸妈也不管，就靠你，不仅不管你，你还反倒要管家里，你本事可真够大的，我当初也是傻，怎么就跟你交往。我说，说完了吗？我们都是普通家庭，父母能力有限，能供着我读完大学就很不错了，我也很努力，哪天都没有闲着偷懒，你这样说真的让人很伤心，谁不想过好日子，我真是不想再说这些了，我们都不知说过多少次，争吵过多少次。我始终相信生活会好的，它不会停滞不前，我们要相信自己。春说，我吃饱了，你吃吧。

我坐了一会儿，起身收拾餐桌上的碗筷，端到厨房去洗。

春压力确实大，吃过饭没休息多久就开始备课，一直到深夜十一点多才忙完，我能理解。我又懊恼起每次都控制不好自己的情绪，像吃晚饭那会儿的争论，没有必要，也没有意义。我们一夜无话。

天不亮我就起来给春做了早餐，六点半春起来，洗漱完收拾好要拿的东西，吃了早餐，出门时说，对不起啊，人，我最近很烦躁，工作和家里的事情交织在一起。我说，没事，再检查一遍，看有没有漏带的东西，路上慢点。春说，午饭你不想做去买着吃。我说，我到时候看，今天冰箱送来，你以后就不用再担心食物不好储存了。春嗯声走开，去楼梯间等电梯。

冰箱按约定时间送来，看说明书要先静置二十四小时后再通电，我想起厨房还缺几样调料、盘子，便下楼到附近市场购买。下楼前，从阳台望下去，看到不远处有人骑着三轮车卖花，我想起春，应该经常在家里放几种她喜爱的花，能缓解她的压力。

走到楼下，只有一辆载着花的三轮车停在路边，找不到老板，我不知问谁好，正犯难犹豫要不要走，三轮车后面发出稚嫩清脆的笑声，我走过去看，没有人，明明听见声音了，青天白日不可能出现幻觉，仔细倾听，有很轻很轻的脚步挪动声，我猛地转过去，抓住了一只小孩的手，小孩约莫十一二岁的年纪，低着头。我说，你是谁？笑什么？小孩不答依然偷笑。我说，抬起头，怎么这么淘气。小孩再次笑出声，我蹲下想看看他长什么样子，小孩猛地抬起头，我吓了一跳，指着小孩，欣喜又惊诧，说，原来是你啊。小孩说，我猜你忘记我叫什么了。我说，那你猜错了，我不会忘记，你叫轻，你怎么会在这里？轻嬉笑着反问我，你怎么会在这里？

我说，我对象在这里住啊。轻说，我是闲逛到这里，你要买花？我说，想看几盆，给家里增添些生机，住着也不会那么压抑憋闷。轻说，你随便挑，不要钱，送给你。我说，你不是说来闲逛吗，怎么又卖起花来了？轻说，有人买花自然就有人卖花，特别是你买花，我当然要来卖花啊，听说你最近写了一篇不错的小说，我能看看吗？

我边挑选花边说，当然可以啊，不过我感觉里面最核心的那个东西还没有写透彻。轻说，有那么点意思就可以了，你很快就会有所领悟，别急嘛。

我挑选不出想要的花，主要是不太相信轻说的话，转头看四周有没有真正的卖花老板时，看到马路上有一个人开着三轮摩托车经过，面容熟悉，仔细回想，这不是黄土大哥吗，自上次见后再没有见过。再看三轮摩托车上拉的东西——石鱼缸！石鱼缸里的鱼不住地跳出水面，这难道是晓亮说的那口石鱼缸和两条鱼？

我没见过晓亮说的石鱼缸和鱼，只能追上去看，给轻撂下一句“花我回头买，你玩耍一会儿早点回”，便跑出去。我边跑边呼喊黄土大哥，三轮摩托车没有停的意思，开三轮摩托车的人失聪一样，像听不到外界的声音似的自顾自地往前开，我想着是不是喊的名字不对，想起那次听过的另一个名字，便喊，高原大哥，高原大哥，是我啊，人，不记得了？车还是没有停下来的意思，我又换名字呼喊，黄土大哥，黄土大哥，是我，我啊，人……眼看就要追上了，开三轮摩托车的人突然加速，把我甩在身后，我看距离太远，追不上了，便停住脚步，三轮摩托车又停住，像是在等我，我再去追，快要追上时，他又突然加速，反反复复几次，仿佛戏弄我。我暗下决心，就算是追再远也要追上，看个究竟。

三轮摩托车七拐八绕，进入狭窄的巷子，穿过萧条的老城区，最终来到一处不知名的广场，广场上似乎在举办什么活动，人头攒动，我挤过人流，看见三轮摩托车停在广场路灯旁边。我暗喜，这下跑不掉了，人这么多，想开快都无法开快，可是，等我到跟前，三轮摩托车像会隐身术一样，突然又不见了。

我环顾四周，身体跟着头转动，很快便晕晕乎乎，眼前的路灯杆在左右摇晃，我歪歪扭扭地走近，摸三四下才扶住路灯杆。站定看不远处拥挤的人群，眩晕得厉害，闭上眼睛缓了缓，再睁开眼睛时，奇异的一幕出现了：海水一样涌动的人群被硬生生从中间分开，从人群中间迎面走来无数身着灰蓝色军装，腰间扎皮带挂佩刀，脚蹬着马靴，头戴红顶长穗帽子，手里端着枪的人，催赶着许多满脸惊惶无措长衫布帽打扮的人，有男有女，有老有少，不知为何，我看着看着，竟然泪流满面……

关于一化的某个春日讨论

春天已至，白提议去春色中学习，泉当即同意，并派人给物带话，明天上午带学生去不远处的山坡上学习，问他要不要来听。派去的人很快回来，说，物首领说会来，但不用管他在哪里，你们正常学习就是。泉摇着头自言自语，来就来，还不用管他在哪里，这有什么不好意思的。

第二天，太阳升起，白带领着大家去山坡上，泉跟着坐下后，白比画，泉领会意思转述，说，今天我们要讨论的是宇宙由什么构成，畅所欲言哦。锅台先举手，说，我先说，宇宙是由水和气构成，万事万物里不是有水就是有气，而且水和气都无定形。白点点头，伸手示意还有谁要说。

素人举手，说，不对，照这样说，土和火都是呢，万事万物中都有土，火也是无定形，随时变化。

蒙子举手，说，锅台和素人说的都对，世界宇宙的构成物肯定是很小很小且不能再分的东西，就像种子能生根发芽，生长出枝干，这些根就有水气土火，至于最本源的那个根是什么，我们不得而知。

里水举手，说，首先我认同大家说的，最本源的那个根是什么，我们难以追溯，无法言说，但这个并不是阻挡我们前进探索的理由，我们可以用一些话语来代替，最本源的东西可能是数，或者是一种存在，至于说哪种存在，还有待探寻。

欢喜举手，说，说是火构成世界宇宙，那么火燃烧的大小是不是也有影响？

其灵举手，说，肯定有影响，火是怎么燃烧的，也得追究清楚吧，不然就算搞清楚后面的，这个基础不稳定还是不行。

里水举手说，这个可能是另一个阶段的问题了。

白看大家讨论热情高涨，很开心，用手比画，你们说的都很好，世界宇宙最本源的构成物难以说清，但值得我们去探索，这也是充实我们精神世界的方式。有人说每个东西都有一个无形的本源支撑，这是理念，有多少个东西就有多少个理念。

锅台举手，说，老师，有没有一个最本源的理念，囊括所有理念，是每个东西的理念。

阳光暖融融照耀着万物，白舒展下胳膊，比画着，应该是有的，但需要我们去探索。我觉得自己是无知的，知道的很少。我带领着你们讨论，是想用我的知识来引导你们发现崭新纯粹的知识的能力，学习探索的过程很重要。

里水举手，说，老师，我在想，本源这些会不会受到神灵的影响？我们经常说的，女娲造人、盘古开天辟地，人都是女娲造的，天地是盘古开的，原来是混沌的，那么，就算盘古没有创造世界，之前的神肯定也创造了世界。神是不是也是世界宇宙构成的本源之一？

白笑起，比画着，里水悟性极高，想法开阔，神必然会参与进来，有神论是解释一切无法解释的现象最好的说辞，其实和那个无法追溯的存在一样。里水点点头，陷入深思。

泉准备说话，想起没有举手不能发言，便举起手，说，老师，我也有疑问，神就是一切，那这个探索还有什么意义，和人并没有什么关系啊？我想的是，我们不管怎么思考，怎么探索，终是要和人连在一起，要落到人身上，世界宇宙的构成也是人在进行思索。白比画，你说的对，泉，终是要回归到人身上，不关联到人的思索没有任何意义。

素人举手，说，老师，既然说到人了，我想到，我们说的这些都是我们人想到的，是不是可以说，世界宇宙自然是我们想出来的，如果我们不想，世界宇宙自然也就没有意义，甚至说，不复存在。

欢喜举手，说，这样说，人掌控一切，从“神是一切”转到了“人是一切”，好像也不对，过于偏激了，“人是一切”的思想必然有问题。

其灵举手，说，是的，我们不能总是游荡于极端，要在存在和不存在之间思考。我们之所以爱走极端，是极端简单，中间有难度。朴散。其灵话说一半，看到不远处走来的朴散，叫道。

泉顺着其灵的目光看去，朴散走在路上，也朝这边看。

其灵站起身，对朴散招手呼喊，说，朴散，朴散，你去哪里啊？朴散回应，我闲着没事胡走，你们在那里做什么？其灵呼喊，我们在这里听课，你也过来听。朴散犹豫了一会儿，向这边走来，快到跟前时，停住脚步，说，不好，我忘记灶火了。泉问，灶火在哪里？朴散说，说好和灶火在前面汇合，我却独自跑这里来了。泉说，没事，灶火来了我能看到，到时候也叫他到这边来。朴散想想，说，也好，于是找位置坐下，认真倾听。

里水举手，说，中间到底有什么，是什么，思索到这里好像就中断了，思想陷于泥沼，动弹不得，可能我们需要捋一捋，从“神一切”到“人一切”，神创造一切，追问之，神又是谁创造的，或者，谁能证明神存在，很难吧；转到人创造一切，也不对，人思考的一切，那么人思考的又是什么？太难思考了，头疼。白比画，不能着急，要循序渐进地进行思考学习，不要想着突然开窍，要享受“想通”和“想不通”的过程。

素人举手，说，这些思考像树枝，这里想不出，其他地方就会开枝散叶，没必要始终执拗于一个枝干，主干的营养可以四处蔓延，生发出更多可能。

白点点头。泉看到灶火，呼喊他到这边来，灶火听见，向这边走来。朴散举手，说，我有点不成熟的想法，若有不合适的地方，请见谅。泉说，大胆说，朴散，咱们这里是畅所欲言。

朴散说，谢谢二爸，我听你们刚才说的，综合我爸和太古老师教授的知识，我想，你们这里教授的确实与我学的不同，但也有相同，我学到的道是“道生一，一生二，二生三，三生万物。”道是否和你们说的“神一切”还是“人一切”类似？再具体说，我们是“道一切”。你们讲究思索的过程，我们不讲究。

灶火参与进来，接住话题说，我听说过你们这里教授的课程，与朴散说的一样，你们这边是讲究理性分析，我们那边是注重感性体验，但最终要到达的地方一样。

白比画，泉领会转述，你们说得不错，要的就是这般不同思维方式的碰撞，不然知识就是死水一潭，没有活力。物的教学和我们的教学适合不同的人，接受哪种就看个人喜好了。

朴散说，二妈说的对，我比较喜欢我爸教授的这些，用感性驱动思考，能给人身心带来极大的愉悦且让人着迷。灶火跟着应和。白示意大家为朴散、灶火今日的加入和发言鼓掌，一时间掌声雷动。

下了课。朴散、灶火和其灵、欢喜他们去玩，看着他们欢快的背影，泉说，不知他们的未来是什么样？白，我那种不安越来越强烈。白比画，泉领会到白的意思，说，你知道我说的那种不安？你意思不要担心？白点点头，比画，顺其自然。

半个多月后，物提前派人如泉上次那般，通知午后讲课，可以过来听听。泉也说自己会来，但不用刻意找他。物看大家坐定，说，我们今天温习原先学过的一段话，看有没有新的理解和感悟。

道，可道，非常道。名，可名，非常名。无名，天地之始；有名，万物之母。故常无欲，以观其妙；常有欲，以观其徼。此两者同出而异名，同谓之玄。玄之又玄，众妙之门。

你们可以结合着我们学过的其他文章讨论，不用拘束。

灶火举手，说，老师，我先说。其意思我们都知晓一二，要理解的是意思之外的意思，我痴迷字里行间形成的那种感觉，这篇文章涵盖了后面看到的很多文章，它是起始也是过程，贯穿整个思想始终，就像是种子埋进土里，努力发出嫩芽，长出枝叶，直至茁壮繁茂，枯萎凋零，都有种子的生命力在。

小米举手，物说，以后说话不用举手，直接说。

小米说，道是关键，能说出的道都不是真正的道，能说出的名都不是真正的名，可是我们不说又不行，别人难以理解，所以就是玄之又玄，众妙之门。很有意思，经得起翻来覆去琢磨思考的就是那些说不出的东西。道是天地宇宙的种子，也无时无刻不萦绕贯穿其中，我们需要去感受领悟，前面我们说到什么是美，真正的美应该是道，且是无法说出的道，连接起大美无言大象无形，大美是无法用语言形容的，我们看到大自然的美，多会发出惊叹的语气词，至人和神人皆不能用语言形容出大美是什么美，圣人才有形容出大美的语言能力。

罐子说，道是无形无意，你想是什么是什么，他想是什么是什么，我想是什么是什么，换言之，道是宇宙自然及人的精灵。小米前面说了很多，那我也不再拘泥于此，道铺展到美的层面，可以说更多。当然还可以铺展到其他层面。美转化为气和象及有无虚实，便更有美妙味道了，比如说天地之气的气可形成一切，自此有精气一说，人就是精气所成，再者就是有无虚实，其中的那种微妙感受，真是妙不可言，看看，这就有了妙，美和妙联系起来就感受到了愉悦。物问有没有人想要发言，无人举手。

境子坐在角落里，物知道他的想法更深更远，便鼓励道，境子，你没什么想说的？境子犹豫。物说，想说什么就说什么，不用有顾虑。

境子思考片刻，说，道的发挥是无穷无尽，贯穿于每个时间，每个时间会形成以道为内核的表达，不必要执着于什么，道是激流，执着无用无益，要想在激流里有所成就，得获得与激流相得益彰的行动。前面所说的神人、圣人，因为道渺无边际，所以人们学习起来艰难，而且游动其中容易迷失方向，被道自身运动带走，从而没有了自己，也没有了道。逍遥游是至高境界，大家想，人在其中不仅没有迷失，还能逍哉遥哉。我们终究要明白，道也不过是我们为便于表达的一个说法或一个词语。

物赞赏境子的见解，带头鼓掌。问还有谁要说吗？每个人陷入沉思，无人言语。物说，今天的课就到这里，下去后我们继续思索领悟。

主要人物关系图

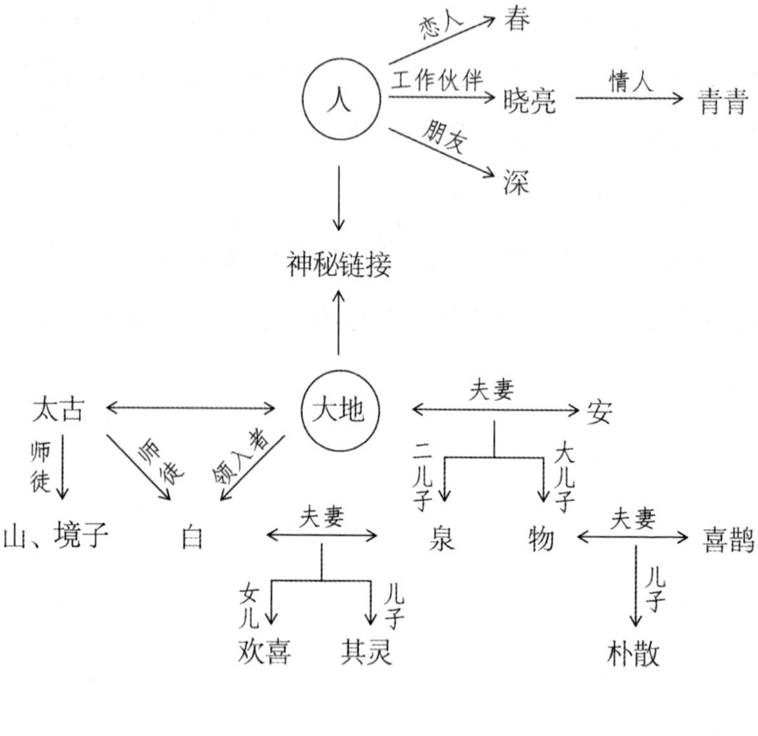
人
恋人
春
工作伙伴
晓亮
情人
青青
朋友
深
神秘链接
大地
太古
师徒
山、境子
师徒
领入者
白
夫妻
安
二儿子
大儿子
泉
物
夫妻
喜鹊
儿子
朴散
夫妻
女儿
欢喜
儿子
其灵